PEDRO J. FERNÁNDEZ

La última sombra del imperio

Grijalbo

La última sombra del imperio

Primera edición: julio, 2015

D. R. © 2015, Pedro J. Fernández Noreña

D. R. © 2015, derechos de edición mundiales en lengua castellana:
Penguin Random House Grupo Editorial, S. A. de C. V.
Blvd. Miguel de Cervantes Saavedra núm. 301, 1er piso,
colonia Granada, delegación Miguel Hidalgo, C. P. 11520,
México, D. F.

www.megustaleer.com.mx

Comentarios sobre la edición y el contenido de este libro a:
megustaleer@penguinrandomhouse.com

ISBN 978-607-313-176-6

Impreso en México/*Printed in Mexico*

A Dulce y a Rafael

A Amalia y a Pedro

Sólo una pequeña advertencia antes de iniciar el viaje: todo aquel que lea estas palabras estará condenado a sufrir la peor de las muertes.

Yo mismo lo perdí todo cuando este infierno me volvió cómplice de un crimen que hoy me atormenta. Desde entonces, los murmullos del maligno inundan la noche y no me dejan dormir. Mis pesadillas han tomado la forma de clavos, y esas mariposas negras que los chamanes indígenas llaman *micpapalotl* se me aparecen cuando intento leer las páginas de la Biblia para darme consuelo.

No puedo respirar bien, me siento inexistente.

Apenas tengo tiempo de leer estos documentos que el padre Joaquín ha recopilado por años para entender las pesadillas que se esconden en sus hojas podridas, pero están tan revueltos que no puedo encontrar una historia coherente.

¡Cuánta sangre guarda esta tinta! ¡Cuánto abismo! ¿Dónde está mi Creador para protegerme del mal que me acecha? Se ha vuelto sordo a mis oraciones. ¿Acaso no hay quien escuche mis padres nuestros en este mundo de blanco y negro? Dudo de mi Dios, de los días, de lo que fue y será; dudo del tiempo. El imperio de Maximiliano ya no es más que un sueño cenizo.

Tengo que obligar a mi cabeza a pensar para que las palabras se derramen en el papel, pero ni siquiera así puedo escribir bien. No puedo hilar oraciones, mucho menos el tiempo.

Sé que el fin se acerca, pero no alcanzo a entender la razón.

Ayer mismo fui testigo del mal. Estaba tratando de escribir en este diario cuando me llegó el olor de un aliento podrido que respiraba detrás de mí. Al voltear sólo encontré un crucifijo en la pared. Lo descolgué y guardé en un cajón, luego descubrí que mis manos estaban manchadas de una sangre negra que no sé si era mía o de la figura. Era como si el carbón se hubiera convertido en aceite, y no se despegara de mi piel por más jabón que usara.

Intentaré ordenar estas cartas, pedazos de mi diario, recortes de periódico y otros documentos para entender qué pasó en estos años. Sé que ahí está la respuesta para dejar de ser una pesadilla que desaparece con la noche, de un mundo que sólo aparenta color.

Negro, gris, blanco. ¡Gotas de sangre sobre el papel!

Otra vez me observan, otra vez las mariposas nublan las palabras. Una culebra fría recorre la parte baja de mi espalda y serpentea hasta la base del cuello. Sus escamas destruyen mi columna, su aliento empantana mis pulmones.

Esta habitación es cada vez más pequeña. Los techos bajan, el mundo colapsa.

Pater noster, qui es in caelis: sanctificetur nomen tuum; adveniat regnum tuum; fiat voluntas tua, sicut in caelo, et in terra. Panem nostrum cotidianum da nobis hodie; et dimitte nobis debita nostra, sicut et nos dimittimus debitoribus nostris; et ne nos inducas in tentationem, sed libera nos a malo.

Que todo lector se adentre en las tinieblas bajo su propio riesgo.

PRIMER EXPEDIENTE

Una luna de sangre

En el principio creó Dios los cielos y la tierra.
Y la tierra estaba desordenada y vacía,
y las tinieblas descansaban sobre la faz del abismo.

Génesis, 1, 1-2.

… entonces, de la nada, el emperador Maximiliano carraspeó un poco y me preguntó sobre la niña que, según dicen, puede hablar con la voz de los muertos.

Parece que ni el gobernante de estas tierras escapa a los chismes y las leyendas que, desde siempre, han recorrido nuestras calles. A veces olvido que los rumores tienen la misma naturaleza que el humo, que se disipa rápido de su fuente y sube sin forma hasta los rincones más insospechados. Como es normal, los presentes se volvieron hacia mí en un silencio que se tornó contagioso, y tuve que reconocer que no había escuchado nada al respecto.

"Aunque dudo que sea posible que una criatura tan inocente, como un niño, sea capaz de hablar con las voces de lo que ahora se pudre en una tumba", agregué.

Nos habíamos reunido en el salón de fumadores del castillo de Miravalle, nombre que le dio el emperador porque desde la terraza del edificio, en la punta del cerro del Chapulín, puede verse todo el valle del Anáhuac; al menos cuando la niebla nocturna no lo sumerge en la inexistencia.

—¿Entonces usted no cree en estas historias, don Antonio? —me preguntó el emperador con el mejor español que he oído salir de la boca de un extranjero.

—Lo siento, mi señor, pero la vida me ha enseñado que los niños son criaturas inocentes y carentes de toda maldad que viene con el conocimiento del mundo. ¿Cómo podrían hablar con la voz de los muertos o incluso pretender hacerlo para engañar a los demás?

—Eso sería, en verdad, un gran misterio —declaró él, acomodándose la levita.

Por primera vez me percaté de que habían cubierto las paredes de terciopelo, y el escudo imperial estaba grabado en él: un águila de perfil, mirando a la derecha, con una corona sobre la testa, y una serpiente en su pico; a sus pies un nopal que brota de un islote. ¿Quién hubiera dicho que hace unos años esta construcción fungía como un colegio militar y que varios estudiantes murieron tratando de defenderlo del ejército estadounidense? Con el tema de ultratumba en el aire, me pregunté por un momento si los muertos no seguirían atrapados en sus paredes, condenados a no entrar en el paraíso.

"Yo sí he oído algo de la niña", escuché una voz ronca, y nos volvimos a un rincón.

El padre Alfonso Borja es un religioso que mantiene una buena posición en la arquidiócesis. En lo personal, siempre he encontrado su apariencia un tanto grotesca, tiene una cicatriz que le atraviesa la mejilla izquierda, los pómulos huesudos y, al cuello, una cruz pintada de carmín en la que alcanza a distinguirse algún metal plateado debajo. Sus dedos cadavéricos siempre están fríos cuando saluda a alguien, y una sonrisa torcida ensombrece su rostro.

Maximiliano le pidió que le contara un poco más y el cura quiso satisfacer su curiosidad.

—Mi señor, ¿está usted de acuerdo en que el mundo de los espíritus es muy difícil de entender para aquellos que vivimos en la carne? Sabemos que está ahí, pero no podemos verlo y muy pocas veces lo sentimos a nuestro alrededor. Tenemos un alma eterna que se despega de la podredumbre en cuanto morimos, y luego vaga errante por el mundo antes de ascender al paraíso. ¿Por qué Dios permite que estas almas entren en criaturas inocentes para hablar? Sólo Él lo sabe, porque así como hizo sufrir a Job también lo hace con los niños.

—Pero la niña, ¿qué sabe de ella? —insistió el emperador.

Apagó su cigarro y me atravesó con la mirada, iluminada por una luna enferma.

—La niña, don Antonio, ha sido atendida por uno de los sacerdotes que tengo a mi cargo, Joaquín Márquez que…

Mis ojos se abrieron, una alegría saltó en mi interior.

—¡Yo lo conozco!

—¿Perdone? —me dijo el padre Alfonso, con un tono molesto por haberlo interrumpido.

—Sí, Joaquín y yo fuimos muy cercanos cuando éramos niños. No lo he visto en algunos años, es verdad, pero con frecuencia nos escribimos.

—Parece que el mundo es cada día más pequeño —externó Ernesto Pretorio, uno de los hombres de la Corte.

—Algún día les contaré sobre la pequeña, dejemos esta noche para otros temas que no inciten nuestro morbo —sentenció el padre Alfonso.

Maximiliano estuvo de acuerdo. Poco a poco renació el bullicio y el humo de los cigarros; el viento de la noche recorrió el castillo entero. Los presentes se olvidaron de la niña que estaba poseída por el espíritu de los muertos, y retomaron el tema de Benito Juárez que habían discutido en la cena.

Este incidente despertó mi curiosidad. Siempre he sabido lo que acontece en la ciudad de México, y la pregunta del emperador me tomó por sorpresa. Quise entonces responder los cuestionamientos de Maximiliano y escribí una carta muy larga al padre Joaquín Márquez para pedirle que me contara todo lo que supiera acerca de la niña.

La respuesta no ha llegado, y pienso que el padre Alfonso Borja pidió total secretismo en este asunto. Si tan solo el tiempo no alimentara mi curiosidad podría dormir por las noches.

Ciudad de México, 13 de diciembre de 1864

Mi querido Antonio:

Me sorprendió tu última carta; nunca imaginé que podría interesarte la locura de un sacerdote que ha permanecido varias noches sin dormir a causa de los juegos de una niña que, tal vez, nunca haya estado poseída por el espíritu de una muerta, pero si quieres que te cuente la historia me entenderás mucho mejor. Lo que te pido es paciencia, y lo comprenderás todo.

Con esta carta te adjunto otros documentos de hace muchos años que son, en realidad, una historia que apenas alcanzo a entender.

Todo inició hace un año, cuando el indio de Juárez al fin había abandonado la capital y las armas liberales, que por años viciaron a México con falsos aires de libertad, caían sin remedio ante las tropas de Napoleón. Era tiempo de que la Iglesia católica y el partido conservador defendieran la obra de Dios de la política del pecado.

Recuerda que desde 1857 hemos vivido en guerra civil porque quienes hicieron esta nueva Constitución, y el conjunto de leyes reformistas que la acompañó después, obviaron el hecho de que somos, y siempre hemos sido, un país católico. El partido conservador se levantó en armas para defender las costumbres de otrora y se nos devolviera el poder arrebatado. Murieron muchos hombres buenos que creían en la causa de la Iglesia, y el partido liberal sangró las arcas del Estado para mantener vivos sus ideales tontos.

Nuestro gobierno apóstata no pudo sostener los pagos de la deuda externa, y hace dos años, el entonces presidente Benito Juárez suspendió los pagos de la deuda externa. A Veracruz llegaron fuerzas militares de Francia, Inglaterra y España para exigir su dinero. Estos dos últimos se conformaron con la firma de un tratado, pero Francia avanzó en territorio mexicano hasta que fueron detenidos en la ciudad de Puebla en mayo de 1862 por las tropas del general Ignacio Zaragoza, Miguel Negrete y Porfirio Díaz. Un año después, sin embargo, la plaza tuvo que rendirse ante el ejército de Napoleón III.

Como bien sabes, por meses participé en varias reuniones secretas con otros sacerdotes importantes de todo el país para definir nuestra postura: ¿cómo reaccionar ante un ejército extranjero en México?

Era claro que Napoleón tenía sus planes para México, y vimos al imperio que nos querían imponer como única solución a nuestros intereses. Así que, mientras el partido conservador buscaba entre las casas reales europeas a un hombre católico que les sirviera a sus intenciones, Francia ya había elegido a su príncipe austriaco.

Se formó una junta de notables que viajaría a Europa para ofrecerle la Corona mexicana y, aunque yo no la conformaba, los acompañaría, pues me interesaba el desenlace de esta historia.

Al menos ése era el plan, pero antes de salir de la ciudad de México recibí una carta bastante curiosa. Era del padre Alfonso Borja, mi superior. Es una pena que haya perdido el original, así que me tomaré la libertad de recordar su contenido de la mejor forma que mi memoria lo permita.

El padre Alfonso Borja dijo que estaba preocupado por el estado de las almas de todos los mexicanos, y que daría la vida si supiera que con ella pudiera alcanzar la salvación de todos. Luego escribió sobre una mujer que parecía venir del pecado mismo, y que estaba alejando a los hombres de los planes que Dios tenía para ellos. La llamó Victoria Aguilar de León, y dijo que su misión era caminar por las ciudades mexicanas pervirtiendo el corazón de los hombres con doctrinas malvadas y mentirosas.

Si bien la carta no era para denunciar la existencia de aquella mujer, me pedía realizar una tarea bastante inusual. Debía llevar a cabo una investigación rigurosa para descubrir la naturaleza pecadora de Victoria. Saldría de la Ciudad de México a buscarla, y al encontrarla, dar aviso. También debía mantenerlo informado de mis movimientos.

Cuando terminé de leer aquella carta, me llené de tanta ira que se me enfrió el cuerpo y el corazón me empezó a doler. Sabía lo que aquellas palabras significaban: no acompañaría a los miembros del partido conservador a su viaje a Europa. Me sentí traicionado, decepcionado; supuse que la arquidiócesis me estaba castigando por algo.

Busqué consuelo en el silencio, en el crepitar de las velas que acompañan a cada oración, el raciocinio de las escrituras.

Unos días después, arrodillado ante el crucifijo cenizo de la parroquia de San Sebastián Mártir, recordé el voto de obediencia que hice cuando me ordené religioso. Levanté la vista y me apiadé de la figura gris que tenía ante mí: las rodillas rotas en un manchón granate, las costillas expuestas al mundo, el estómago hundido, las mejillas empapadas; imaginé el dolor de los clavos traspasando mi piel, las astillas de la cruz en mi espalda y las espinas de la corona en mi cráneo. La vergüenza de la desnudez. Había agonía tensando cada uno de sus músculos muertos.

Ante una imagen bíblica tan dulce, sólo pude esbozar una sonrisa.

Ahí comprendí que la misión que se me había encomendado no venía del padre Alfonso Borja, sino de un designio superior que no pertenecía a este mundo.

Estuve varias horas arrodillado en la capilla, contemplando la imagen dolorosa, pensando en cómo buscar a Victoria, hasta que una idea vino a mi cabeza: tal vez si hablaba con sus padres sería capaz de entender. La investigación tendría que ir tan atrás en el tiempo como me fuera posible. Me apuré a llegar a mi habitación para escribirle una respuesta al padre Alfonso, diciéndole que iniciaría lo más pronto posible su encomienda.

Es tiempo de terminar esta carta; espero no haberme extendido mucho. Cuando leas los documentos entenderás todo.

Pide a Dios que cuide mi alma e ilumine cada paso de este sendero. Santa María de Guadalupe, cúbreme con tu manto para que pueda descubrir la verdad que se esconde tras este misterio.

JOAQUÍN MÁRQUEZ

Querida hermana:

¿Cómo estás? Sé que te sientes molesta porque no te escribí en Navidad, pero la verdad es que no tenía ganas de contarte lo que estaba pasando en mi casa. ¿Qué ibas a pensar de mí? ¿En verdad soy una mala madre? Con mucha vergüenza espero que al terminar de leer esta carta puedas darme tu consejo.

No sé si recuerdes que ya te había escrito un par de veces sobre lo preocupada que estaba por la palidez de mi hija, que vagaba errante por la noche en un camisón, como un fantasma hecho carne. No dormía, no comía, se le veían las venas grises a través de la piel. No pude más y la interrogué al salir de misa de gallo. Se llenó de lágrimas y no habló de los secretos que escondía su corazón.

Volví a insistir a la mañana siguiente, y ella bajó el rostro mientras jugaba nerviosa con las manos. Le temblaron los labios, pero no dijo más. Por la memoria de su difunto padre le pregunté: "¿Acaso no estoy aquí, que soy tu madre, para educarte en la moral? ¿No estás bajo mi tutela porque así lo quiso Dios al llevarse a mi amado Nicolás de este mundo?"

Le dije que no tenía permiso de levantarse del comedor hasta que me hablara de la causa de su tristeza. Y ahí se quedó, sin comer ni beber, con las ojeras talladas bajo los ojos hundidos, hasta que al fin se atrevió. Al caer la noche la oí entrar en mi habitación, su camisón manchado con lo poco que entraba de la noche bajo los techos cortos de gris sombrío. Recuerdo bien sus dedos huesudos, el temblor de su cuerpo, sus lágrimas frías; las paredes cerrándose.

¡Ay, Carmen! Si aquellas palabras hubieran sido mentira.

Después de un balbuceo estúpido tuvo el atrevimiento de decirme que estaba esperando un hijo y luego empezó a llorar como si fuera a tener compasión de ella. Le recordé que estaba comprometida con el hijo de don Ignacio Rosas del Morodo y que en unos meses estaría caminando al altar.

Mientras seguía pidiendo perdón una y otra vez, la tomé de la muñeca y la llevé hasta su cuarto para encerrarla. Le dije que rezara cuantos padres nuestros fueran necesarios para que entendiera que había echado a perder un matrimonio ventajoso que nos hubiera ayudado económicamente.

Hermana, me siento muy decepcionada de Virginia. Yo la eduqué para que fuera una mujer de bien y llegara sin mancha al matrimonio. Estoy preocupada y no puedo dilatar más este problema. ¿Qué hubieras hecho en mi lugar? ¿Cómo puedo ayudarla?

Te envío esta carta con el doctor Martín del Campo. Él estará de visita en Querétaro una semana atendiendo a su madre, que ha enfermado repentinamente del corazón y no tiene mucho dinero para las medicinas. Agradeceré que me regreses tu respuesta con él.

Dime, ¿cómo están tu esposo y tu hijo? Espero que sigan encontrando favor a los ojos de Nuestro Señor Jesucristo.

Tu hermana que te quiere,
DOLORES

Hermana:

Terminé de leer tu carta del 17 de enero, y me da gusto saber que mi sobrino puso una consulta médica en Querétaro.

Todavía me acuerdo cuando llegó a la ciudad de México para iniciar sus estudios. Era un joven tímido que iba tosiendo por los rincones mientras leía sus libros de medicina; nunca pensé que llegara el día en que se convertiría en un hombre de provecho.

En cambio, yo apenas si tengo buenas noticias que escribir sobre mi hija. El otro día me acompañaba al mercado cuando me di cuenta de que se le empezaba a notar el estómago hinchado de toda hembra en estado. Le compré una faja, y la apreté hasta que la tela crujió, y a mi hija se le salió el aire en lágrimas de plomo. No me importa que su rostro pierda el color mientras usa vestidos de ceniza para ir a la iglesia, si puedo evitar que la gente le ande inventando chismes.

Hace unos días hice lo que me aconsejaste, y busqué al padre Jorge Avendaño para contarle la historia de mi hija. Después de meditarlo un rato, él me dijo que debía encontrar el nombre del desdichado que había endulzado el oído de Virginia con el pecado. También me recomendó visitar a don Ignacio Rosas del Morodo para contarle, en el más absoluto de los secretos, el estado de su futura nuera.

Hice lo primero que me aconsejó. Esperé a que cayera la noche y llevé a Virginia hasta mi habitación. Su rostro de mármol apenas era iluminado por una vela vieja, pero había algo en él que no puedo explicar. Perenne, carecía de vida, sus ojos me veían sin hacerlo. Su respiración era muy lenta.

Me siento tonta al escribir esto, pero tuve una sensación ácida en los hombros que me revolvía el estómago. En el buró vi unas tijeras plateadas que me habían ayudado con el bordado de esa tarde. Las tomé con fuerza, como si pudieran defenderme de cualquier mal que cayera sobre mí.

Entonces le pregunté a mi hija por el nombre del pecador que la había llevado por el mal camino; ella bajó el rostro en silencio.

Insistí en ello, y Virginia tuvo el atrevimiento de contarme un secreto tan extraño y maligno que me hizo escupir la palabra: mentira; una y otra vez.

¡Mentira, mentira, mentira! ¡Que Dios libre su alma de las penas del infierno que se ha ganado!

La encerré en su habitación, esperando que las paredes de su culpa la apretaran lo suficiente para que me dijera la verdad.

En cuanto a don Ignacio Rosas del Morodo, él estará fuera de la ciudad atendiendo sus negocios en el puerto de Veracruz, y no podré verlo hasta que regrese, aunque para entonces Virginia ya no viva bajo mi techo.

Por favor, dale mi saludo a tu esposo y una felicitación a tu hijo. Recuerda que siempre están en mis oraciones.

DOLORES

Doloritas:

¿Cómo has estado? Aprovecho esta carta para darte noticias de tu Virginia. Tu hija llegó ayer a la ciudad y mientras escribo estas líneas la dejé descansando en la habitación más pequeña de la casa. Tal como me lo pediste en tu última carta, no le voy a decir a nadie que está aquí, no me va a acompañar a los eventos de sociedad ni a las misas de domingo. La calle será un recuerdo para ella, al menos hasta que no conozca a la criatura que lleva dentro.

Si quiere hablar con Dios, y más vale que le pida perdón por el desliz que cometió, irá a la capilla que tenemos en el jardín; ahí rezará tantos rosarios como sea posible. Arrodillada, por supuesto, en la medida que lo permita su embarazo. Estoy de acuerdo con tu confesor, hay que mantener el buen nombre de la familia y para eso hay que ser muy inteligentes. Tú eres una mujer de muchos recursos y estoy segura de que algo se te va a ocurrir.

Espero que no te moleste, pero fíjate que cuando llegó Virginia la vi tan pálida y demacrada en sus gestos que de inmediato fui al consultorio de mi hijo y le pedí que la revisara. Ayer, antes de la cena, se la llevó a la cocina y le hizo un examen bastante minucioso sobre la mesa. Cuando terminó le pregunté cómo podía mejorar el semblante de su prima y él replicó, tosiendo, que su apariencia era un asunto normal de mujeres que se encuentran en ese estado.

¿Sabes qué planeo hacer en los próximos días? Intentaré acercarme a tu hija para ganarme su confianza. Quiero que me cuente, con todos los detalles posibles, cómo fue que perdió la virginidad, y que me diga el nombre del desgraciado que le envenenó el corazón.

¡De verdad que ya no sé qué pasa con la juventud de estos días! Anda muy descarriada en su moral, no era como en nuestros tiempos. Había más respeto por los adultos y las buenas costumbres.

También me dio gusto saber, por tu última carta, que don Ignacio Rosas del Morodo regresó antes de tiempo a la ciudad de México. Espero que te sea posible hablar con él antes de que termine la semana, y no monte en cólera cuando le cuentes del estado de Virginia. Recuerda que él también querrá proteger su apellido, así que preséntale el problema de una manera inteligente.

En cuanto tenga más tiempo de contarte sobre tu hija y sobre los primeros pacientes de mi hijo, volveré a escribirte. No te preocupes por Virginia, yo la cuidaré muy bien.

Te llevo en mis oraciones.

Tu hermana que te quiere,
CARMEN

Hermana:

No sabes cómo agradezco todo lo que has hecho por mi hija y por mí, y por eso lamento que tengas que aguantar su silencio y su desprecio. No sé cómo es posible que una mujer sólo abra los labios para comer y suspirar. ¿Tu hijo no tendrá algún menjurje que le suelte la lengua? He oído que hay médicos muy ocurrentes que tienen remedios fríos que con un solo trago son capaces de combatir la mentira y el vicio, medicinas que te obligan a decir la verdad al beberlas.

Por otro lado, ¿qué te escribo de mí? He estado muy ocupada tratando de salvar el honor de mi hija con algunas mentiras piadosas. Desempolvé todos los vestidos de mi juventud, y los arreglé para verme más presentable a mi edad. Me quité la máscara de viuda y me cubrí con joyas añejas del color del fuego. Moví los pies al compás de mil orquestas mientras los cuartos perdían su tamaño y me ahogaban con su humo aristócrata.

Al menos dos veces a la semana asisto a eventos de sociedad, y acepto un poquito de licor esperando que me ayude a encontrar la valentía que necesito. Luego me acerco a la señora Pepita de esto y lo otro, o a la señorita Fulana de Revillagigedo, para hacerles la plática.

Eventualmente todas me preguntan: "Dime, querida, ¿dónde está Virginia?"

Yo simplemente me aclaro la garganta y respondo: "Fíjate que mi sobrina, la hija de la hermana de mi esposo, está teniendo problemas con su embarazo. Ella no está casada, sí, yo sé… ¡Qué vergüenza! Y no hay nadie que cuide de ella, así que Virginia hizo un viaje a Coahuila para cuidarla. Ya sabes que siempre quiso ser enfermera".

Me puedo imaginar la cara que pusiste al leer mi respuesta, y te preguntarás cómo soy capaz de mentir, pero es por una buena causa.

Cuando Virginia vuelva a la ciudad de México con un niño, iré a estas fiestas otra vez para decirles a todos que la madre del niño murió en el parto y que mi hija es tan buena cristiana que va a cuidar un niño que no es suyo. Ya después me iré a confesar y acataré la penitencia que me imponga el sacerdote.

¿Crees que pueda evitar las sospechas, los rumores en su contra, los malos entendidos, y serpientes en su espalda? Claro, habrá que seguir mintiendo por unos años, pero ¿no es eso mejor que soportar las injurias frías y los chismes?

Con esta carta te adjunto cincuenta pesos para que sigas cuidando a Virginia. ¿Tu hijo la sigue revisando cada semana para que no haya problemas con su salud?

Tu hermana,
DOLORES

Querida Doloritas:

Es menester que te escriba sobre el nacimiento de tu nieta, sucedido ayer por la noche en la cocina de mi casa. El alumbramiento fue presenciado por la partera María Ignacia Ramírez Castellón y la hermana de mi esposo, Concepción Velasco de Villamar. Ellas pueden dar fe de estos hechos inexplicables.

A causa del reciente ascenso militar de mi cuñado, estábamos cenando con él mi esposo, mi hijo, mi hermana, tu hija y yo, ante el incesante golpeteo de la lluvia plateada contra la ventana; cuando de repente nos vimos rodeados del silencio más espectral que yo haya experimentado en vida. Sentimos el retumbar de las paredes, la sensación de que el cuarto era cada vez más angosto, bajo y húmedo.

Todos los que estábamos en la mesa permanecimos mudos sin explicarnos la razón, algo nos había arrebatado las ideas. Nos miramos con duda hasta que la mocita de la cocina gritó que todas las ventanas de la sala se habían abierto y Virginia anunció sus dolores de parto.

Interrumpimos la cena y los hombres fueron a una habitación contigua a fumar y hablar sobre la política exterior de don Antonio López de Santa Anna, por lo que mi hijo, la hermana de mi esposo y yo ayudamos a Virginia a caminar hasta la mesa de la cocina, mientras la mocita iba a buscar a la partera en medio de la tormenta. Había relámpagos sin color, un betún gris cubriendo cada centímetro del cielo, mientras agujas de plata líquida enfurecían la tormenta.

Mi cuñada intentó calmar a mi sobrina, y le repitió que todo saldría bien, que la partera llegaría en cualquier momento. Los tres sudábamos copiosamente por el frío que se colaba por la puerta entreabierta.

Después de un rato empecé a preocuparme por la partera, que estaba tardando demasiado en llegar, y Virginia se retorcía en un dolor que, para mí, no era natural. Su piel se había hecho como el mármol y su camisón manchaba sangre, apenas perceptible en las sombras que lo devoraban todo.

Un trueno tras otro sacudió la casa desde sus cimientos, la espera fue larga y la paciencia poca. Cuando temí lo peor, llegó corriendo la partera y, al revisar a la futura madre, se acercó a mí. Con voz entrecortada señaló: "El niño viene mal, mejor tráiganse a un padrecito", aunque no hubiera sido necesario. Se le veía el dolor en los ojos.

Sentí que se me iba el aliento y el mundo dejaba de ser. Mis brazos no se movían. Caía, cada vez más, sin siquiera hacerlo. Cerré los ojos y tragué saliva. Mi sobrina necesitaba ayuda y no podía dársela. La mocita dijo que ella misma iría a buscar al cura, y antes de que yo pudiera decir otra cosa, volvió a la tormenta, mientras yo pensaba en Virginia, en cómo se vería su cuerpo inerte dentro de un ataúd negro.

Sucedió lo que voy a narrar a continuación y para lo que no tengo explicación: la partera entró en trance y se quedó quieta por algunos segundos. Yo intenté sacudirla, pero hubiera sido más fácil encontrarle vida a las piedras. Finalmente ella le pidió a Virginia que respirara tranquila, que todo saldría bien; su voz se escuchaba amarga, como si viniera de un pozo lejano de agua encharcada. Virginia obedeció mientras yo le secaba el sudor de la frente con un paño.

De un momento a otro nos vimos rodeadas de un humo azabache, como si el cuerpo de mi sobrina lo estuviera expulsando, aunque ahora que lo escribo sé que es una estupidez. Seguramente algo de la cena se había quedado en la lumbre.

Entonces el parto se volvió más fácil. Mis nervios se calmaron un poco en cuanto apareció la cabecita blanca de tu nieta y dejó de llover. Nuestro mundo de blanco y negro se vio sacudido por una luz rojiza. Presa de un sentimiento de extrañeza, me asomé por la ventana y vi una luna menguante que se iba cubriendo de un líquido espeso similar a la sangre.

Fue entonces que oí llorar a la niña y un cuchillo cayó sobre el cordón umbilical. La partera, ya fuera del trance, arropó a la criatura en un trapo gris que solemos usar para limpiar el piso.

Cuando llegó el padre Ávalos no pudo creer lo que veía. Él estaba convencido de que tendría que bautizar a una niñita sin vida y darle la extremaunción a una joven moribunda, y en lugar de eso se hallaba frente a una imagen tierna de una madre con su bebé. Después de recitar algunas oraciones, vi al cura arrodillarse ante Virginia y dar gracias a Dios por el milagro de la vida.

Yo contemplaba el momento cuando un escalofrío me pesó sobre los hombros y sentí un aliento gélido detrás de mí, deshaciéndome el peinado, susurrándome al oído, pero cuando me di vuelta vi que sólo se trataba de una ventana abierta mientras una mariposa negra escapaba por ella.

Luego entraron mi esposo y mi cuñado y, junto con mi hijo, tomaron a la niña en brazos para conocerla.

En cuanto tu hija y tu nieta se recuperen, viajarán de nuevo a la ciudad de México. Disculpa que no escriba más, pero me ha venido de pronto una terrible migraña con los recuerdos de la noche anterior.

Tu hermana que te quiere,
Carmen

Joaquín, mi amigo:

Varias veces leí las cartas que me mandaste hace algunas semanas y he tratado de encontrarles un poco de lógica. Lo primero que pensé fue que tal vez la niña que nació bajo la luna de sangre podría ser aquella de la que todos estaban hablando. Me pregunté cómo podía ser algo así, pues la criatura tendría, más o menos, treinta años. Mi mente está llena de preguntas, y mientras no hallo respuesta.

No me gustaría presentarle los documentos al emperador hasta que sepa cuál es la historia que cuenta. Además, no he podido hablar mucho con él. La última vez que lo vi fue en Palacio Nacional, que él le llama el Schönbrunn de México; me detuvo en uno de los pasillos y me contó que teníamos un país hermoso. La frase que usó fue *paraíso tropical*. Me describió sus mesetas, sus valles, y la nieve de los volcanes como quien habla de Europa.

Nuestros emperadores prefieren comer y cenar solos en Chapultepec, alejados de la aristocracia mexicana. A veces se les ve pasear a caballo, o en una ópera, incluso en un carruaje negro con molduras de plata. A veces me parecen almas errantes condenadas a un purgatorio, y por lo mismo es difícil acercarme a ellos. Las reuniones, como la que tuvimos la noche que nos cuestionó sobre la niña, se dan en pocas ocasiones que han permitido esa convivencia con el pueblo. Se sienten lejanos.

Parece que Chapultepec se ha convertido en un refugio para ellos. No los culpo, están encantados con el edificio y comenzaron su remodelación poco después con doscientos albañiles franceses que mandó traer de Europa. Ya todos los rincones están llenos de muebles provenientes del Viejo Continente: candiles, tapices, cómodas Boulle, jarrones de Sèvres, pianos y camas de Inglaterra.

¿Cuándo podrás enviarme los siguientes documentos sobre Victoria? Quiero saber más de esta historia.

ANTONIO COTA

Mi querido Antonio:

Con el deseo de continuar con la narración anterior, te adjunto algunos documentos que te serán de utilidad para comprender esta historia. Ten un poco de paciencia y lo entenderás todo.

Déjame compartirte una reflexión a la que llegué mientras los volvía a leer. Recuerdo que en el primer día del seminario me enseñaron que el único mal que existe es una persona con cuernos en la cabeza y un trinche en la mano izquierda. Lo veo siempre en las pinturas de las iglesias, inclinando su hocico sobre algún cristiano desprevenido para tentarlo sobre los placeres sin nombre.

Cuando leo el libro del Génesis siempre me hago la misma pregunta: ¿quién lleva el mayor pecado en su conciencia? ¿El reptil o la mujer? Si el diablo no hubiera estado ahí para tentarla, ¿habría Eva tomado la manzana por decisión propia, por hambre o algún descuido de mal sueño? Quizá para que haya un pecado hacen falta tres culpables: el que inventa la regla de no acercarse a ese objeto de deseo, el que quiera tomarlo, y el que convenza al segundo de probar lo que el primero prohibió sin razón alguna.

Por días me perdí entre papeles en la arquidiócesis hasta que hallé el nombre de Victoria en un acta de bautizo y al fin pude esclarecer la identidad de sus padres, o al menos la de su madre, pues es la única que aparecía en el documento: Virginia Aguilar de León. Intenté buscarla de nuevo, pero no volví a encontrar su nombre. Fui hasta la iglesia donde Victoria había sido inscrita y pregunté por su madre, pero nadie sabía quién era. Incluso tuve el atrevimiento de entrar en el templo y caminar por sus pasillos estrechos para preguntarles a los feligreses por ella, mas fue en vano.

Mi última opción eran a los archivos que antes habían arrojado un poco de luz, y después de pasar varias horas hallé una carta polvosa que decía: "Primero Dios, la enterraremos en el panteón de San Fernando este sábado al caer la tarde. Virginia ha desaparecido sobre la faz de la Tierra". ¿Sería posible que se tratara de la misma Virginia?

Decidido a probar mi teoría, a la mañana siguiente me levanté muy temprano para continuar con mi investigación, y pasé el día caminando entre tumbas y mausoleos. El cielo estaba cubierto de nubes tormentosas, y una niebla plateada se movía entre mis pies. Hacía mucho frío al mediodía, y mis dientes castañeaban. No sé cómo describirlo, pero en la base de mi cuello sentí el presentimiento de que algo no estaba bien, y constantemente volvía sobre mis pasos porque creía que alguien caminaba detrás de mí, pero todo era mi imaginación. El mundo parecía volverse cada vez más pequeño, las ramas golpeaban contra mis brazos, agitaban sus hojas.

Fue tan difícil leer los nombres de las tumbas, que perdí mucho tiempo acercándome a cada piedra para descifrar un alfabeto de arañas negras. Conforme llegué al final, y el cementerio dejó de crujir al achicarse, un olor podrido me obligó a taparme la nariz y respirar por la boca. Luego sentí que pisaba algo suave, diferente al pasto o al lodo, y cuando bajé la mirada me horroricé: había una rata muerta, hinchada en la podredumbre de su mortalidad.

Sobre la losa que tenía enfrente encontré varias más, sin la piel grisácea, con los órganos expuestos al mundo, en un remolino visceral que, sangriento, revelaba el nombre de la tumba: Virginia Aguilar de León, 19 de noviembre de 1817 a 21 de mayo de 1845; había sangre sobre la piedra. Los animalitos chillaron y me vieron con sus cuencas vacías. Asqueado, corrí por el cementerio, por las sombras que me ahogaban y el aliento que se me perdía.

Esa noche apenas pude dormir, pues cada vez que cerraba los ojos regresaba esa imagen a mi cabeza, la de la tumba, la de los animalejos desollados chillando mientras en sus gargantas borboteaba la sangre.

Me sentía en un camino sin rumbo, no sabía cómo continuar la investigación. Resultaba más difícil de lo que yo pensaba y por un momento dudé si debía continuar con esa empresa. Incluso llegué a escribirle al padre Alfonso Borja para pedirle que escogiera a alguien más capacitado. No sé por qué, pero tengo muy presente que fue el mismo día que el emperador Maximiliano renunció a la Corona. ¿Recuerdas? Escribió un documento largo donde reconocía el voto de la Asamblea de Notables de México, pero no podía imponer su presencia en un pueblo extranjero si éste no había votado su estancia en el poder.

¡Vaya cabeza la mía! Por supuesto que lo recuerdas, estabas ahí y fuiste precisamente tú quien me lo contó todo. Recuerdo un par de párrafos de su rechazo, si me permites reescribirlos antes de cerrar esta carta:

> *En el caso de que se obtengan estas garantías para asegurar el porvenir, y que la elección del noble pueblo mexicano, en su generalidad, se fije en mi nombre, y con mi confianza en los auxilios del Todopoderoso, estaré pronto a aceptar la Corona.*
>
> *Si la Providencia me llamase a la alta misión civilizadora que a esa Corona va unida, desde hoy, señores, declaro mi firme resolución de seguir el ejemplo del Emperador, mi hermano, abriendo a su país, por medio de un régimen constitucional, la ancha vía del progreso, basada en el orden y en lo moral, y de sellar con mi juramento, luego que aquel vasto territorio esté pacificado, el pacto fundamental con la nación.*

Entonces pensé que la loca idea de tener un monarca extranjero terminaría ahí, pero, tal como mi investigación acerca de Victoria, Dios parecía tener otros planes.

ANTONIO COTA

Posdata: en los documentos incluí una carta que te escribí hace un año, para que recuerdes que ya te había mencionado el nombre de Victoria.

Rogad a Dios por el alma del señor don ALEJANDRO GÓMEZ DEL TERÁN, que murió en el seno de la Santa Madre Iglesia, el día 5 del corriente en la ciudad de México.

Su esposa e hija putativa ruegan a ustedes asistir a las misas diarias que se dirán en sufragio de su alma en el templo de Santa Susana, el día 15 del presente, de 6 a 12.

Miradme, Oh mi amado y buen Jesús,
Postrado ante Vuestra santísima presencia.
Os ruego con el mayor fervor, que imprimáis en mi corazón
vivos sentimientos de Fe, Esperanza y Caridad;
Verdadero dolor de mis pecados, y propósito firmísimo de
enmendarme;
Mientras que yo, con todo el amor, y toda la compasión de mi alma,
Voy considerando Vuestras Cinco Llagas;
Teniendo presente aquello que dijo de Vos el santo profeta, David:
"Han taladrado Mis manos y Mis pies, y se pueden contar todos
Mis huesos".

Salmo 21: 17-18

Encuentro con Santiago, 11 de diciembre de 1866

Apenas llovía cuando llegué a los portones de la iglesia, era un día cubierto de sombras. Las bisagras plateadas rechinaron en mis oídos, y su eco retumbó en la piedra. Sin luz, los vitrales parecían pedazos de carbón que aún desconocían el fuego, era un templo angosto de paredes torcidas. Las figuras de los altares no tenían más color que la sangre de los nudillos y el terciopelo carmín de sus túnicas polvosas.

Me persigné ante una virgen enlutada e hice lo mismo frente a la imagen desnuda de san Sebastián. Estaba nervioso, intranquilo; me senté en el último confesionario a esperar a Santiago mientras el tiempo se me escapaba de las manos como la ceniza fría de una fogata extinta.

Entonces escuché que alguien se arrodillaba en la madera crujiente.

Una voz temblorosa: *Perdóneme, padre, porque he pecado.*

Yo: De otro modo usted no estaría aquí, Santiago.

Santiago: Mis palabras son de dolor y sangre; aquel que las escuche estará condenado a la peor de las muertes.

Yo: Si lo ve tan perdido, ¿por qué hablar conmigo?

Santiago: Porque quiero pedirle que haga algo para salvar a mi hermano, pero hoy no tengo el valor de pedírselo.

Yo: Imaginé que diría algo así. No se deje engañar por los periódicos, aunque las tropas de Napoleón estén abandonando el país, la Iglesia católica aún tiene una buena fortuna para pagar por sus palabras.

Santiago: Lo que le quiero pedir no tiene precio en oro.

Yo: Lo imaginé ambicioso…

Lo oí carraspear un par de veces.

Santiago: Dicen que cuando ella nació, el mundo se iluminó de sangre con una luna roja, y que varios bebés murieron esa noche. ¡Tonterías que nunca he podido comprobar fuera del mundo de los rumores! También dicen que Virginia, su madre, viajó a Querétaro para ocultar su embarazo a la sociedad mexicana. El plan era volver después de algunos meses y decir que había ayudado a una prima a dar a luz y que, desgraciadamente, había muerto en el parto. Una excusa bastante inocente y tonta, en mi opinión, pues para entonces Virginia estaba comprometida con un hombre rico de apellido Morodo, y toda la ciudad estaba esperando el casamiento. No sé cómo, pero él se enteró de todo y no soportó la idea de que su futura esposa se hubiera embarazado. ¡Estaba furioso! Habían traicionado su hombría.

Yo: Supe de aquel Morodo a través de algunas cartas y periódicos que encontré hace unos meses, pero su nombre desapareció repentinamente de todos los registros.

Santiago: Hasta donde sé, al tal Morodo le gustaba ir a las fiestas de sociedad y perder la sobriedad con licor barato. Luego, en su embriaguez, hablaba en contra de Virginia llamándola por nombres que no podría repetir en esta iglesia. El secreto de la pobre mujer quedó al descubierto y su reputación arruinada; no hubo quién quisiera casarse con ella. Al final el catrín sufrió las consecuencias de lo que había hecho: un día en misa, mientras rezaba un padre nuestro, empezó a gritar que se había quedado ciego. Varios médicos intentaron curarlo, pero no hubo quién pudiera diagnosticarlo o sanarlo. Cada día se le veía más triste y gris, quedó condenado a vivir viejo y frágil, sin poder contemplar este mundo angosto.

Yo: ¿Y el resto de la familia Morodo?

Santiago: No lo sé, desaparecieron. Supongo que les dio vergüenza la vida licenciosa de su heredero, y se fueron de México, o perdieron toda su fortuna en un mal negocio, pero déjeme decirle que estos hechos extraños no terminaron con él, porque años más tarde…

Yo: Lo que necesito es que me revele la identidad del padre de V…

Santiago: ¡No diga su nombre!

El grito de Santiago retumbó frío en los vitrales, seguido de un silencio largo en el que pude escuchar cómo los portones de la iglesia chirriaban abiertos y tres voces femeninas lloraban rezos por un difunto sin nombre.

Yo: Por favor, Santiago, respete este templo, Nuestro Señor Jesucristo no tiene que aguantar sus berrinches. No diré el nombre de la mujer, pero continúe el relato, por favor.

Santiago: ¿Ya dije que Virginia había regresado a la ciudad de México con el bebé? La madre de Virginia, Dolores, vivía de un dinero que le había dejado su esposo al morir, pero que se le fue acabando rápido. Empeñó collares y broches. Vendió la casa y se mudó a un barrio que no era de catrines, lavó ropa ajena para sobrevivir e, invadida por la pena de su nueva clase social, dejó de frecuentar a sus amigos. No hubo hombre que la protegiera o que proveyera lo necesario.

Yo (susurrando): La maldición que hace Dios a las mujeres solas...

Santiago: Por eso Dolores quiso buscar marido para su hija, pero ningún hombre se atrevió a casarse con una mujer de semejante reputación. Entonces, empezó a preguntar entre su árbol genealógico y uno a uno la fueron rechazando hasta que apareció un primo lejano.

Yo: Alejandro Gómez del Terán.

Santiago: Ése... por lo que me han contado, un hombre sucio de unos cincuenta años con reputación de borracho y mujeriego, de malgastar su dinero en vicios pecaminosos como el juego y los negocios de licor. Aceptó casarse con Virginia a cambio de diez mil pesos de dote, y Dolores tuvo que resignarse a vender sus mejores vestidos y sus últimas joyas para reunir el dinero.

Se detuvo para toser, mientras el aire se llenaba de un incienso amargo que anunciaba la próxima misa.

Santiago: Imagínese, padre, Alejandro Gómez del Terán fue más que un embaucador de primera. No tenía oficio, fortuna o negocio. Llegó a vivir a casa de Dolores para ocasionar más gastos. Lo que recibió de la dote de Virginia no duró mucho. Todos los días iba con su suegra o su esposa a pedir dinero para jugar a los naipes y embriagarse con vino corriente.

Santiago: Oigo la duda. Me toma por un tonto que ha inventado una historia de infierno, para cobrar unos cuantos pesos, pero hoy tendrá su respuesta.

Me dejé caer en la silla, embriagado por el aroma del incienso. Los quejidos de las mujeres piadosas se hicieron más fuertes.

Yo: No hay católico que no tenga un Santo Tomás por dentro. Alguna vez habló, usted sabe qué mujer, sobre su padre.

Santiago: A Felipe y a mí nos dijo poco sobre su infancia. Una noche intenté preguntarle de Alejandro Gómez del Terán. No se me olvida su rostro gris iluminado furioso por el fuego. Me cuestionó sobre dónde había escuchado ese nombre, y yo le dije que en Querétaro existían muchos rumores. Ella se levantó y me advirtió que no me atreviera a repetirlo.

Yo: ¿Y no lo volvió a mencionar alguna vez?

Santiago: Cuando visitamos Oaxaca, oí que una viejita se lo preguntó, y esta vez se dirigió a ella: "Responderé a tu pregunta, mujer, si tú lo haces a la mía. ¿Dónde estaba tu dios cuando tu esposo te golpeaba a ti y a tus hijos, y tú sólo llorabas padres nuestros al silencio de la noche?"

Yo: Sí, pero ¿le respondió? ¿Quién es el verdadero padre de Victoria Aguilar de León?

Santiago: Más le valdría no haber preguntado eso…

Después de un silencio corto, oí su voz colarse en cada piedra, cúpula y altar.

Salí del confesionario, pero Santiago se había ido. Las mujeres dolientes habían cambiado su pesar por una expresión de horror. Vi que una de ellas señaló la estatua ceniza de san Sebastián, que no dejaba de agitarse. Todo el edificio se movía incontrolable mientras los vitrales se cuarteaban.

De un momento a otro escuché un crujido espantoso del otro lado del templo, el Cristo crucificado se había desprendido de su cruz.

Desde el confesionario vi a la figura caer detrás del altar, y la escuché romperse. El estruendo hizo que el párroco saliera corriendo, y yo me uní a él para contemplar el horror: los brazos se habían partido desde los codos, y las piernas por las rodillas. El cura, pálido, me preguntó qué había pasado y yo, sin verlo a los ojos, me alcé de hombros: "Un temblor de tierra".

No se me ocurrió otra mentira.

Mi querido Antonio:

Recibí tu carta de octubre donde me narras, con mucho detalle, cómo fue que se acercaron al archiduque Fernando Maximiliano de Habsburgo y le ofrecieron la Corona del imperio mexicano, y tengo el deber de decirte que su respuesta me resultó un tanto decepcionante. Siendo que la naturaleza del hombre es buscar el poder, pensé que aceptaría de inmediato el cargo que la junta de notables le ofrecía tan honrosamente, aunque por otro lado entiendo las razones de su decisión.

El archiduque no ha querido imponer su voluntad a la de un pueblo que no es el suyo, y por lo tanto resulta obvio pensar que quiera una muestra de que su gobierno es voluntad del pueblo. Es por esto que el partido conservador y los miembros de la Iglesia católica estamos haciendo un plebiscito en la ciudad de México y sus alrededores para conseguir simpatía a nuestra causa. Los herejes liberales han intentado, por todos los medios, convencer a la gente de que vote en nuestra contra, pero sin Benito Juárez en Palacio Nacional y con el ejército de Porfirio Díaz y Mariano Escobedo tan lejos, poco pueden hacer. Además estamos falseando algunos de los votos para que parezca que hay apoyo de todo el país.

En cuanto esté listo el plebiscito, será enviado a la junta de notables para que se lo puedan presentar al archiduque en una segunda ocasión, y esta vez tenga razones para aceptar el cargo.

Aunque tal parece que no hará mucha falta, pues, por lo que me cuentas en tu última carta, María Carlota Amalia de Bélgica también está tratando de convencer a su esposo de que tome la Corona que se le está ofreciendo. Es natural que ella también quiera un poco del poder que ahora tienen en una bandeja de plata.

Por otro lado, hasta México nos han llegado los chismes de la presión familiar que tiene el archiduque. Según parece, su madre, la princesa Sofía de Baviera, no ha dejado de pedirle a Maximiliano que acepte el cargo porque le iría mucho mejor en un país americano. Además tendría que recordar que su hermano es el emperador de Austria y ya tiene herederos, por lo que ni Maximiliano ni sus hijos podrían tener el poder (aunque según me han dicho nuestra próxima pareja imperial no ha sido bendecida con descendencia).

Como un buen juego de naipes, gran parte de las cartas está sobre la mesa, y el resto puede adivinarse.

Por mi parte he estado ocupado en la búsqueda de documentos de una mujer de nombre Victoria, el caso que apenas pude comentarte antes de que partieras a Europa. En cuanto estés de regreso me gustaría platicarte un poco más al respecto.

No olvides que estás en mis oraciones diarias, y que cuento los días en que podamos volver a vernos.

Tu hermano en la fe,
JOAQUÍN MÁRQUEZ

No le tengo miedo a la soledad, ni creo que mi matrimonio con don Alejandro Gómez del Terán pueda alejarla de mí. De lo que sí me gustaría huir es de los rumores y de la gente que me señala con el dedo mientras camino a misa… que si me embaracé antes del matrimonio, que si tengo la moral de una puta, que si soy peor que María Magdalena antes de que Jesús la encontrara… y quién sabe cuántas estupideces más que me cierran la garganta y me quitan el aire.

Yo no tengo la culpa de todo eso, pero ni modo que les diga de dónde salió mi hija. Nadie me creería. Ella tiene la culpa de todas mis desgracias. Ella, y solamente ella.

Hace un par de años tuve un sueño en el que vivía lejos de la ciudad de México, sin ataduras sociales de ningún tipo. Al despertar, tomé a mi hija en brazos y le dije que la llevaría a un convento donde estaría mejor cuidada y la querrían de verdad, pero no contaba con que mamá me escuchara y me la arrebatara. "¿Cómo puedes decirle eso a tu sangre?", me externó, y pasó el día gritándome.

Desde entonces me he preguntado: ¿qué significa ser madre para una mujer que no quiso serlo? ¿Qué estaba pensando Dios al dotarnos de tal apatía? Si cada vez que veo a mi hija siento el odio de su origen, ¿no es mejor que vaya a un lugar donde sí la puedan tratar bien?

Por supuesto, a don Alejandro no le interesan estas disputas domésticas que ha de considerar asuntos tontos de mujeres. Nunca ha visto por la niña ni le ha preguntado si está feliz o enferma, jamás lo he visto ofrecerle una muñeca o un dulce. Ni cuando llega borracho a media noche le dirige la mirada. Creo que ni siquiera la ha llamado por su nombre, siempre es "la mocosa esto" o "la escuincla aquello".

A ese lo único que le importa es que haya alguien que pague sus vicios.

Recuerdo cuando mamá me enseñaba que las mujeres deben ser abnegadas y cuidar bien de su hogar, mientras que el deber de su esposo es proveer, pero don Alejandro nunca nos ha ayudado con los centavos ni ha visto por nosotras; y yo de lo que tengo ganas es de levantarle la voz por todas las veces que nos ha faltado al respeto en público.

Mientras tanto, los días pasan, y yo sigo sin encontrarle más color al mundo que la sangre de mis sueños. Todos los días escribo lo mismo en mi diario, como si el cambiar de fecha realmente significara algo. Tal vez el amor sea una ridiculez de los escritores de novela rosa.

Por lo demás no tengo mucho más que contar sobre mi día, ayudé a mi mamá a lavar ropa ajena para pagar las cuentas, me encargué de que Victoria estuviera bien vestida y alimentada, y le di sus centavos a don Alejandro para que saliera a consumir sus vicios de siempre. Todavía no ha regresado, y espero que llegue tan pasado de copas que no quiera reclamar lo que por matrimonio le corresponde de mi cuerpo. No soporto su olor a sudor y su aliento embriagado sobre mi cuello, mientras sus manos se deslizan torpes sobre mí. ¡Qué asco!

21 de marzo de 1839

Los vicios de don Alejandro han tomado fuerza, he llegado a creer que tiene un diablo por dentro que le da malos consejos y que lo obliga a tomar cada vez más licor. Su vicio se ha vuelto insostenible para mamá y para mí, siempre quiere más dinero, y yo ya no sé de dónde sacarlo.

Ayer le sugerí dejar las apuestas con la baraja y usar ese dinero para beber, pero el muy cabrón me levantó la mano y me dijo que no fuera estúpida, que él tenía derecho a jugar y beber como le diera la gana, que para eso era hombre. Fui hasta mi joyero y le entregué el último anillo que me quedaba, uno que me había heredado papá al morir. Le dije que se lo llevara y lo apostara, pero que por favor me dejara en paz. Él gruñó y se fue de la casa, regresó como a la una o dos de la mañana, y como su ebriedad no le permitió subir los escalones, se quedó dormido en la sala hasta pasado el mediodía.

Escribo esto en mi diario pues hoy por la mañana, mientras le daba el desayuno a Victoria, ella me preguntó por qué tenía un moretón en la cara, y yo le dije que me había caído al subir las escaleras. Mi hija se quedó en silencio, y luego me atravesó con la mirada: "Eres su esposa, no su bestia de carga, mamá".

Me dejó fría. ¿Cómo se había enterado Victoria de lo ocurrido la noche anterior? Tuve miedo de preguntarle, y ella no volvió a hablar durante el desayuno.

Nada más faltaba que mi propia hija, fruto del pecado, me juzgara y criticara. Mamá, por supuesto, ha insistido mucho en que todos tenemos una cruz que cargar en vida, que la suya fue la viudez repentina y que la mía es un marido que no me respeta y una hija no deseada. También me ha pedido que vaya a misa todos los días para encontrar consuelo en la oración, pues Dios sabe lo que es mejor para mí.

Yo ya no sé si creer en la existencia de Dios, hay mucho mal en mi vida como para pensar que alguien que me hizo de la nada y me ama tanto, permita tantos dolores. Si esto que escribo es blasfemia, que lo sea, mi Creador también ha faltado contra su creación.

Ahí viene otra vez don Alejandro pidiendo dinero. ¿Es que no tiene llenadera para tanto licor?

11 de julio de 1839

No escribiré mucho, me duelen las heridas y los moretones, el rojo en mis brazos, la opresión de las paredes, los techos bajos, la miseria humana. Todos los días un golpe de mi esposo borracho; siempre quiere más dinero. Su lujuria nunca está satisfecha. Por primera vez temo por mi hija y por mi madre.

Hasta la cruz de Cristo duró poco comparada con este infierno. ¡Tanto dolor!

5 de septiembre de 1839

Hoy he perdido toda esperanza en don Alejandro, no lo quiero tener cerca de mí nunca más.

Como no hubo dinero suficiente para que se fuera a beber, me tomó del cuello y me llevó hasta el cuarto de mi hija, donde metió la mano bajo mi vestido, como si fuera una mujer de poca reputación, y le dijo a Victoria, quien se quedó callada y con el rostro lleno de furia: "Dile a tu mamá que la mejor manera de conseguir dinero es vendiendo lo que ya entregó gratis".

Yo intenté liberarme, pero no pude. Mi rostro estaba empapado de lágrimas y mi corazón se me quería salir del pecho.

"Así como la madre, será la hija", sentenció don Alejandro, mientras me seguía maltratando.

Cuando por fin pude zafarme de sus brazos, y él quiso levantarme la mano como tantas veces lo había hecho, no pudo darme en el rostro y cayó sobre Victoria.

Todo sucedió tan rápido; vi el rostro ensangrentado de mi hija, sus lágrimas, y su rencor. Supe lo que tenía que hacer.

Empujé a don Alejandro hasta la sala de la casa y le dije que por hoy me gustaría que bebiera en casa y que al día siguiente le daría el doble de dinero, que tenía algunos centavos escondidos debajo del colchón. Estaba tan ebrio que me creyó, y le ofrecí una botella de papá que tenía guardada. Se la bebió completa en menos de una hora y, tambaleando, pidió otra y cayó inconsciente.

Mamá está dormida; Victoria, encerrada en su habitación; y yo estoy buscando el valor para hacer lo que Dios no ha sabido o no ha podido…

17 de noviembre de 1839

Hasta hoy encuentro el valor de escribir lo que pasó esa fatídica noche del 5 de septiembre, y por la cual espero que Dios, si acaso existe, me haya perdonado.

Cuando dejé de escribir mi diario, lo guardé bajo de la cama, y fui hasta la cocina. Tenía mucho miedo y sentía que la noche no sería suficiente para ocultar mis crímenes, pues había encontrado la forma de treparse a mi espalda y arañar mi conciencia. Me dominaba el frío.

Uno siempre lee en los periódicos sobre hazañas de guerra o crímenes terribles donde uno de los implicados empuña un cuchillo y lo entierra repetidas veces en el cuerpo de su víctima; sin embargo, aquellas palabras no alcanzan a describir lo que una siente cuando no tiene más opción.

Me temblaban las piernas y me llenaba la furia, pero fui cobarde.

Parada frente al cuerpo de don Alejandro no tuve el valor de apuñalarlo ni siquiera una vez. Me hinqué ante él y empecé a llorar. Me dolía el cuerpo, cada uno de sus moretones e insultos, y no podía librarme de él. Era mi cruz… mi maldición…

No sé cuánto tiempo estuve ahí, llorando con miedo; cuando levanté el rostro vi que toda la sala estaba llena de mariposas negras y que en uno de los sillones permanecía sentada Victoria.

Luego escuché ruidos de don Alejandro, como si quisiera tomar aire; algo se lo impidiera. Empezó a toser y a mover el torso sin control, sus brazos parecían serpientes agonizantes, hasta que por fin se quedó quieto con los ojos abiertos, y una mariposa negra salió de sus labios.

Sin saber lo que había pasado, corrí hasta el cuarto de mamá y le dije que don Alejandro estaba muy mal, y ella se fue corriendo a buscar al doctor Martínez. No tardó mucho en arribar, y después de revisar a mi esposo y de acercarle una vela y un espejito a la nariz, llegó a la conclusión de que había muerto.

Viendo la botella y habiendo escuchado mi historia de cómo se la había tomado completa en poco tiempo, concluí que ésa había sido la causa de muerte.

Por un tiempo no supe si mi hija había tenido algo que ver con su muerte; en estos últimos días he llegado a pensar que no fue el alcohol sino ella y sus mariposas negras quienes lo causaron todo.

No se me olvida el funeral de don Alejandro Gómez del Terán, con el ambiente lleno de ceniza, Victoria con su vestido gris y una sonrisa macabra en los labios.

¿Para qué le cuento esta historia a mamá si no me creyó sobre el padre de Victoria?

Que quede en este diario y se pierda para siempre.

Es lo mejor.

Joaquín:

Tus documentos me han acompañado en las largas jornadas que transcurren en los caminos grises que dibujan estas tierras. El emperador sabe bien que es el amo de lo que otrora fue una tierra indígena y, cautivado por su historia y sus parajes, se ha dado a la tarea de visitar Toluca, Morelia, Querétaro, Dolores y otras poblaciones importantes. Tiene una especial predilección por Cuernavaca que no logro entender.

Por otro lado, mi esposa, que ha permanecido cerca de la emperatriz Carlota, dice que nuestra regente vive a través de la blancura del papel y de la tinta con la que mancha sus páginas. Todo el tiempo está escribiendo cartas a Europa, y recibiendo misivas del otro lado del mar. Parece que está tan emocionada que quiere contar todo lo que acontece en México, aunque de momento parezca que hay más rebeliones que paz.

Dime: ¿falta mucho para llegar al final de esta historia? Aún me gustaría saber qué tiene que ver lo que estoy leyendo con la niña que puede hablar con la voz de los muertos.

El otro día llegué a casa y la criada me dijo que tenía un visitante. Extrañado, fui hasta la sala y encontré al padre Alfonso Borja, con su gran cruz de plata al cuello y un cigarro entre sus dedos huesudos. A la luz de la vela, su rostro demacrado se asemejaba al de un cadáver.

—Me enteré de buena fuente que ya se puso en contacto con el padre Joaquín —me dijo.

Yo asentí y le ofrecí algo de tomar. Pidió un poco de agua, pero no bebió.

—No preste atención a las locuras de un cura pérfido —añadió—. Yo creo que el padre Joaquín no está bien de la cabeza, porque, dígame, ¿alguna vez ha sentido que lo miran desde la oscuridad, o mirado sombras para las que no tiene explicación? ¿Acaso se ha despertado a la mitad de la noche por un ruido desconocido o ha tenido alguna pesadilla que se ha vuelto realidad?

Quise responderle que sí, aunque permanecí callado. Mi esposa lo invitó a cenar, pero el padre Alfonso dio una larga bocanada de humo mientras intentaba peinar su pelambre cano.

—Si al emperador le gustan las leyendas, dígale que hay muchos libros en los que puede encontrar historias de monjas que vuelven de la muerte para confesarse y de brujas que navegan por la pared en barcos dibujados con carboncillo, pero que las historias de niñas que hablan desde el más allá son sólo una muestra de que éste sigue siendo un pueblo ignorante y bárbaro. Bien haría, don Antonio, en contarle todo lo que ha leído en las cartas del padre Joaquín, para luego decirle que todo se trata de una historia inventada para propósitos desconocidos. México necesita hombres como usted, que trabajen por él, no que estén buscando explicación en noches iluminadas por lunas de sangre.

Luego partió dejando un terrible aroma a tabaco en toda la casa. Si te soy honesto, no sé si creer que la historia que me cuentas es verdad, mas ardo en deseos de conocer su final. Estoy intrigado.

ANTONIO COTA

Mi querido Antonio:

En la ciudad de México no se habla de otra cosa que no sea de nuestro emperador. Todos están muy felices de que el archiduque Fernando Maximiliano haya aceptado la Corona que le ofrecieron. ¿Quién hubiera dicho que las familias de alcurnia celebrarían tener un francés en casa, ya sea por matrimonio o adopción temporal? Tal parece que hemos dejado de ser un país de salvajes, llamado México, y hemos empezado con los dolores de parto de algo que bien podría empezar a llamarse Nueva Francia.

Es verdad, hay detractores en todos lados, mas no creo que un Mariano Escobedo o un Porfirio Díaz puedan detener el curso de la historia, incluso me atrevería a decir que dentro de cien años nadie recordará sus nombres. Del presidente Benito Juárez García tengo entendido que no se sabe mucho desde que huyó de la ciudad de México en un carruaje. No es de extrañarse que los caricaturistas se hayan dado vuelo dibujando a don Benito en situaciones tan degradantes como ocurrentes, pero bien. ¿Qué te puedo decir? Es tiempo de cosechar los desprecios que sembró, por tanto tiempo, contra la Iglesia católica.

Envidio que tú hayas tenido la oportunidad de estar presente cuando se le ofreció la Corona a Fernando Maximiliano. ¡Ojalá hubiera podido acompañarte!

Con respecto a la historia de la niña, quiero decirte que no falta mucho para conocer el final de esta historia.

Recuerdo una noche, hace un año, en que vi, bajo el tenor luminoso de una luna menguante, sombras de bestias salvajes proyectadas en las paredes grises del pasillo sofocante, pero, ¿sabes?, no había animal de ningún tipo en la casa. No sabía qué ocurría en aquel cuarto. Tal vez debí echar agua bendita para asegurarme de que el maligno se quedara fuera, o tal vez sólo necesitaba un descanso para alejar aquella locura.

Días después, mientras seguía mi investigación en el archivo de la ciudad, encontré un documento que me sirvió para hallar a Victoria. Se trataba de la dirección de la casa donde creció. ¡Tenía que ir!

Ese día amaneció plateado, en la penumbra de todo albor temprano. Después de dar la primera misa del día, me envolví con mi sotana y caminé por las calles de la ciudad de México. Quería rezar algunos padres nuestros, pero mi mente estaba sumergida en la miseria: manos huesudas extendiéndose para que algunas monedas de oro les dieran de comer, el olor de la pobreza, la suciedad en la piel, la ignorancia, la mugre que no puede borrarse con la palabra de Dios porque sigue teniendo hambre.

En verdad Victoria vivía cerca de un barrio más o menos humilde, aunque su casa no pertenecía a esta condición social. Si bien era pequeña, tenía dos pisos y tres cuartos. El tiempo se había encargado de destruir la poca belleza que le quedaba. La puerta era un pedazo de madera quemado, que cayó en cuanto toqué. No había luz. Todo era silencio empolvado, muebles deshechos, tapetes rotos y una escalera a la que le faltaban varios escalones. Me oprimía el pasado.

Nadie ha vivido aquí en años, me dije, y empecé a recorrer el vacío. En una esquina encontré un retrato oscuro donde apenas se adivinaba un rostro de mujer entre el hollín, nunca supe si se trataba de la madre o de la abuela de Victoria.

Por los manchones negros en las paredes y las cenizas que cubrían todo lo que alcanzaba a ver, me resultó obvio que la casa había sufrido un incendio. Parecía como si el color hubiera dejado de existir en su interior desde hacía muchos años, hasta que encontré una muñeca de porcelana, rizos negros y un vestido tan rojo como la sangre fresca.

Con mucho cuidado subí hasta el segundo piso y hallé tres habitaciones pequeñas. Según mis suposiciones, la primera era de Victoria, con una cama pequeña y varios juguetes, sin pátina, color, o vida alguna. Silencio, sólo eso, y un poema extraño tallado en el fondo de lo que alguna vez fue un armario.

Te lo comparto para que tú mismo lo leas.

Rosas en la ceniza,
desangra la niña.
Una, dos, tres.
Sangre que tiña.

Una, dos, tres.

Cuerpo cambiante.
¿Niña? ¿Mujer?
¿Aún me llamo Victoria?
¿Soy o dejo de ser?

Torrente rojo,
piernas húmedas,
calientes,
pegajosas,
ardientes.

Rosas en la ceniza,
amor de niña.
Una, dos, tres.
Sangre que tiña.

En la segunda habitación había una cama más grande, me imagino que para Virginia y su esposo; luego entré en la tercera y descubrí que no estaba solo.

Sentada en la cama encontré a una mujer pálida, medio calva en sus canas blanquísimas. Tenía la mirada perdida en la infinidad de sus recuerdos. Jamás había visto a alguien con tantas arrugas. Me acerqué lo más lento que pude para no molestarla, y descubrí que no era más que carne pegada a los huesos de cristal, parches en los harapos. El aire se sentía pesado.

Me disculpé con la señora y me presenté. Cuando le solicité su nombre, levantó el rostro y vi una lágrima en su mejilla, pero sus labios agrietados nunca se abrieron. Le pregunté si sabía algo de

Victoria. Ella estiró la mano para buscar algo debajo de su almohada, y me dio un cuadernillo amarillento que más tarde identifiqué como el diario de Virginia.

Esperé a que pudiera darme una respuesta de lo sucedido en ese sitio, pero volvió a perder la mirada en la nada y se quedó inmóvil, como si no respirara. De inmediato escuché el crujir de la madera, el tronar de los cristales y un grito desgarrador que penetró por las paredes. Por un momento creí que la casa estaba en llamas de nuevo, y corrí para salvar mi vida, pero todo era una ilusión maligna. En cuanto bajé deprisa por las escaleras me percaté de que todo se trataba de figuraciones de mi mente cansada.

Regresé a la tercera habitación a buscar a la vieja, pero se había esfumado; en su lugar sólo se percibía un montón de polvo sobre la cama, como si nadie se hubiera sentado ahí en años.

Con el cuadernillo en mis manos, me alejé del inmueble.

El diario de Virginia me ha ayudado a entender muchas cosas, sobre todo acerca de cómo murió el padrastro de Victoria.

No me olvides en tus oraciones diarias.

Tu hermano en la fe,
JOAQUÍN MÁRQUEZ

Posdata: Con esta carta te mando más documentos para que los leas, e incluyo la proclama que dio Maximiliano al llegar a México, que me habías pedido hace tiempo. ¿Recuerdas?

Mexicanos:

¡Vosotros me habéis deseado! Vuestra noble Nación, por una mayoría espontánea, me ha designado para velar de hoy en adelante sobre vuestros destinos. ¡Yo me entrego con alegría a este llamamiento!

Por muy penoso que me haya sido decir adiós para siempre a mi país natal y a los míos, lo he hecho ya persuadido de que el Todopoderoso me ha señalado por medio de vosotros la noble misión de consagrar toda mi fuerza y corazón a un pueblo, que fatigado de combates y luchas desastrosas, desea sinceramente la paz y el bienestar; a un pueblo que habiendo asegurado gloriosamente su independencia, quiere ahora gozar de los frutos de la civilización y del verdadero progreso.

La confianza de que estamos animados vosotros y yo, será coronada de un brillante suceso si permanecemos siempre unidos para defender valerosamente los grandes principios, únicos fundamentos verdaderos y durables de los Estados modernos.

Los principios de inviolable e inmutable justicia, de igualdad ante la Ley, el camino abierto a cada uno para toda carrera y posición social, la completa libertad personal bien comprendida, reasumiendo con ella la protección del individuo y de la propiedad, el fomento a la riqueza nacional, las mejoras de la agricultura, de la minería y de la industria, el establecimiento de vías de comunicación para un comercio extenso, y en fin, el libre desarrollo de la inteligencia en todas sus relaciones con el interés público.

Las bendiciones del cielo y con ellas el progreso y la libertad no nos faltarán seguramente, si todos los partidos dejándose conducir por un gobierno fuerte y leal, se unen para realizar el objeto que acabo de indicar, y si continuamos siempre animados del sentimiento religioso por el cual nuestra bella Patria se ha distinguido aún en los tiempos más desgraciados.

La bandera civilizadora de la Francia elevada tan alto por su noble Emperador, a quien vosotros debéis el renacimiento del orden y de la paz, representa los mismos principios. Esto es lo que os decía en el lenguaje sincero y desinteresado, hace pocos meses, el Jefe de sus tropas como anuncio de una nueva era de felicidad.

Todo país que ha querido tener un porvenir ha llegado a ser grande y fuerte siguiendo este camino. Unidos, leales y firmes, Dios nos dará la fuerza para alcanzar el grado de prosperidad que ambicionamos. ¡Mexicanos! el porvenir de nuestro bello país está en vuestras manos. En cuanto a mí, os ofrezco una voluntad sincera, lealtad y una firme intención para respetar vuestras leyes y hacerlas respetar con una autoridad invariable.

Dios y vuestra confianza constituyen mi fuerza; el pabellón de la independencia es mi símbolo; mi divisa vosotros la conocéis ya: "Equidad en la justicia"; yo le seré fiel toda mi vida. Es mi deber empuñar el cetro con conciencia, y con firmeza la espada del honor. Toca a la Emperatriz la tarea envidiable de consagrar al país todos los nobles sentimientos de una virtud cristiana y toda la dulzura de una madre tierna.

Unámonos para llegar al objeto común; olvidemos las sombras pasadas; sepultemos el odio de los partidos, y la aurora de la paz y de la felicidad merecida renacerá radiante sobre el nuevo Imperio.

El padre Jorge Avendaño tiene la mirada fija en los escombros de su iglesia. Apenas se levantan polvaredas con el andar de una procesión mortuoria de mujeres enlutadas que rezan por un joven que ya no vive más en este valle de lágrimas. La luz entra blanca, desde un techo inexistente, hasta las heridas grises de un mártir que adorna los altares.

¿Quién hubiera dicho que hace algunos días se estaba celebrando un bautizo en la parroquia de Nuestra Señora del Perpetuo Socorro?

Poco se sabe de la niña que recibió el santo sacramento, de sus padres o padrinos. Se había celebrado una ceremonia discreta a eso del mediodía, nada especial, cuando el sacerdote pronunció las palabras en latín mientras dejaba caer un poco de agua bendita en la frente de la pequeña infante, Victoria.

Fue en ese momento que en la ciudad de México se sintió un movimiento de tierra que asustó a todos, sin importar su clase social. Según cuentan los testigos, los altares empezaron a moverse, y la grava se desprendió de las paredes. En la impresión de que todo colapsaba, cayeron los cuadros que conformaban el vía crucis y las figuras de los santos se balancearon con las miradas de fervor pétreo.

Los feligreses que se encontraban en el templo huyeron pidiendo ayuda de Nuestro Señor Jesucristo; y más de uno creyó que el mundo había llegado a su fin.

Quizá lo más relevante que haya que reportar de este acontecimiento sucedió cuando las últimas personas salían del templo, pues se escuchó un ruido largo, como el de una tela gruesa que se rasga de repente, y sucumbieron las cúpulas, llevándose la vida de uno de los ayudantes del cura, un joven de once años que esperaba a tener edad para alistarse como cadete en el colegio militar.

Hoy, a varios días de este temblor de tierra, no se ha repetido el bautizo de la niña Victoria, ni el padre Jorge Avendaño ha buscado a la familia para continuar con la ceremonia. Las cúpulas siguen hechas polvo, y las mujeres son un mar de lágrimas plomizas.

Misteriosos son los caminos de Nuestro Señor, y solamente Él sabe por qué hace estas cosas.

Por lo pronto se espera que la arquidiócesis mexicana pague las reparaciones a la parroquia del Perpetuo Socorro y las misas puedan regresar a la normalidad.

Recorte de periódico, 31 de julio de 1833, artículo de Fernando Pérez del Real

Aunque los diarios de siempre no le hayan dado importancia al desplome de las cúpulas de la parroquia de Nuestra Señora del Socorro, nosotros siempre nos hemos preocupado en dar a conocer el medio espiritual que vive entre nosotros.

Como otras veces hemos escrito, desde que Dios hizo la carne también creó un mundo espiritual onírico y misterioso que apenas podemos comprender con el poder de nuestra mente. Estamos limitados por nuestras dimensiones y no nos es posible pensar en cómo sería México si no tuviera materia, tiempo o dolor.

Al igual que toda la creación que hizo Dios, este mundo espiritual no está exento del mal y del dolor, de espíritus desencarnados que solamente buscan el placer, el dolor físico y el simple acto de sentir.

Ahora es nuestro turno de informar oportunamente lo que sucedió hace más de una semana, y para lo que no encontramos más explicación que el Mal que camina en toda la Tierra.

Según el relato de los testigos presentes en aquella ocasión, a eso del mediodía llegó una mujer muy pálida, vestida de negro y con ojeras muy marcadas bajo los ojos. En los brazos tenía una niña igual que ella. Una viejita incluso se atrevió a afirmar que era como si un cadáver llevara a su hija a bautizar, como esas leyendas que a uno le cuentan de niño sobre las ánimas del Purgatorio que regresan del más allá buscando el perdón.

La mujer y la criatura esperaron largamente con el sacerdote hasta que apareció una segunda mujer, también vestida de negro, y todos pasaron a la pila bautismal. Por algunos minutos se llenó el aire de palabras en latín y de incienso rancio, mientras el aire gélido lo tocaba todo. Cuando el cura metió la concha en el agua bendita para llenar a la niña de la gracia de Dios, se sintió un movimiento de tierra que duró varios segundos.

Los testigos reportan el horror como un momento que pareció no tener fin, y temieron por su vida al sentir que crujían las paredes, los altares y las cúpulas. Cayeron santos y cruces, y después todo paró.

Durante el repentino temblor, todos aprovecharon para salir corriendo del templo, y no fue sino hasta que llegaron fuera que pudieron contemplar con horror cómo las cúpulas se derrumbaban con un estruendo espantoso y destrozaban todo a su paso.

"Fue como si el mismísimo diablo nos estuviera tirando todo", comentó doña Eulalia, quizá sin saber que su alegoría podría esconder la verdad de aquel suceso.

Unos segundos después, mientras un rayo atravesaba el firmamento, apareció una parvada de cuervos que aleteó dentro de la iglesia, mientras las mujeres, el bebé y el párroco salían por los portones del templo.

Hasta el momento reportamos que el bautizo no se ha vuelto a repetir, pero queda preguntarnos: ¿quién era ese niño que no permitió su bautizo? ¿Qué misterios se ocultan tras su origen? Hemos intentado buscar su identidad para aclarar el enigma, pero hasta el momento ha sido en vano.

Un nombre sin apellido no deja mucho a la investigación.

Recorte de periódico, 17 de mayo de 1845,
artículo de Pedro Jiménez Cuesta

La ciudad de México está conmocionada por la terrible muerte de Manuel Posada Garduño, acaecido ayer por la noche en circunstancias bastante curiosas.

Un policía que hacía su ronda usual por las calles oscuras se topó con un bulto negro a la mitad de la calle y, no pudiéndolo identificar, dio la señal de alarma a la comandancia. Tiempo después, iluminado por las velas de algunos vecinos curiosos que querían saber qué estaba sucediendo, se hizo un descubrimiento terrible: los cuerpos de dos jóvenes, hombre y mujer, abrazados a la mitad del camino y envueltos en una sábana gris, y varias mariposas negras.

De inmediato corrió el rumor de que eran amantes y que habían sido asesinados por algún alma sin temor a Dios, pero una investigación minuciosa reveló que no había daga en la espalda ni veneno en los labios, sino algo mucho más siniestro: un salpullido carmín cubría cada centímetro de su piel descolorida.

Esa misma noche se le dio parte al jefe del Supremo Gobierno, don José Joaquín de Herrera, quien pidió consejo a varios médicos de su confianza. El veredicto fue que nunca habían visto una enfermedad tan extraña, y que era muy posible que no fuera, de modo alguno, motivo de alerta para la población, argumentando que si resultaba contagioso habría más casos.

A la mañana siguiente el joven fue identificado como el sobrino nieto del arzobispo de México, Manuel Posada Garduño, de quince años, y la joven como María Álvarez Muñoz, de doce años, hija de un rico empresario español.

Según la declaración de los vecinos, en los últimos días a él se le había visto acompañado por una joven de aproximadamente la misma edad, pero de características diferentes y de clases sociales dispares.

Esta segunda joven no ha sido identificada por el momento.

Aún queda la incógnita de qué hacían juntos y abrazados Manuel Posada Garduño y María Álvarez Muñoz, y por qué sus cuerpos estaban envueltos en la manta negra a la mitad de la calle.

Mientras las investigaciones continúan sobre este hecho y los rumores recorren la ciudad, ambas familias se preparan para velar a sus respectivos difuntos. Dentro de este diario se encuentran las respectivas esquelas y los horarios para las misas.

Este periódico se mantendrá al tanto de cualquier cambio en la información sobre ambas muertes y sobre la identidad de la tercera desconocida que, esperamos en Dios, aún siga viva.

¡Que en paz descansen!

Otra vez tengo miedo de escribir en este diario, Victoria ha vuelto a revelar el mal que lleva en su interior.

Desde la muerte de mi esposo, que Dios lo haya borrado de su memoria, me he acercado a la fe con la esperanza de encontrar consuelo.

Todos los días me encierro en mi habitación y contemplo la lectura de la Biblia; me dejo aprisionar por los horrores y las virtudes de sus páginas, y cierro los ojos para imaginar lo que debieron sentir los moradores de Sodoma y Gomorra que fueron destruidos por el fuego del cielo.

Me tomó muchos años, pero al fin comprendí el origen de nuestra realidad: somos y siempre hemos sido maldad.

Todos los días leo las Sagradas Escrituras, y todos los días encuentro lo mismo: el mal con el que nacemos nos condena a la muerte en el más allá; al sufrimiento en la oscuridad de las llamas; castañear de dientes; soledad que cierra la garganta; frío. Si no damos fruto seremos cortados y llevados a donde sólo podremos desear un poco de vida para enmendar lo que fuimos muy cobardes para hacer.

Yo he conocido el Mal porque lo he sentido sobre mi piel y le he dado a luz con dolor y sangre, porque dolor y sangre es lo único seguro que hay en mi futuro. Siempre he conocido el origen de Victoria y a la única persona que se lo he dicho es a mamá, pero ella no me creyó. Suele burlarse de mí y llamarme mentirosa o mala madre, como si aquello fuera a cambiar mi situación.

Sé de lo que mi hija es capaz, las sombras que oculta bajo la piel; conozco el estado de su alma y la podredumbre de su corazón. Soy su madre, durante nueve meses gesté un vacío en mi vientre, y recordaba en cada pesadilla la noche asfixiante en que fue concebida.

No hay madre que no conozca a los cuervos que parió.

Sé que fue ella quien ordenó a los poderes oscuros que mataran a don Alejandro Gómez del Terán. Sin mover los labios, se comunicó con ellos para que la obedecieran, y esa noche enviudé porque mi hija así lo quiso. Tal vez mamá no me crea y piense que soy una tonta al escribir esto, que no hay manera de que una niña sentada en una sala medio deshecha pueda tener todos los designios del maligno dentro de ella, mas no tengo otra forma de explicarlo.

Desde hace un año Victoria conoció a un joven mayor que ella, que decía ser Manuel Posada Garduño, sobrino nieto del arzobispo. Yo conozco poco de chismes de ciudad y sociedad, y por más que él repitió el nombre de su padre y la parroquia de esto y la de aquello.

Por un tiempo mamá estuvo feliz, se arregló con sus trapos viejos y volvió a maquillarse de acero, pero ya sin el esplendor de juventud; las joyas se nos habían ido, y la piel no era más que yeso cuarteado.

Varias veces la oí diciéndoles a las vecinas: "Ahora sí, Dios nos va a sacar de pobres".

Pero Victoria, niña inteligente, nunca quiso decirle a Manuel exactamente dónde vivía ni cuál era su clase social. Lo envolvió con sus engaños y lo encerró en el pequeño espacio de la mentira que no permite colores.

Creo que nunca lo he escrito en este diario: mamá conservó a una amiga de alta sociedad, y la nieta de ésta ha sido amiga de mi hija desde hace muchos años. Mamá nunca quiso que les pidiéramos dinero porque le daba vergüenza y, en todo caso, decía que eso era peor que tener hambre. Esta niña, María Álvarez Muñoz, fue chaperona de Victoria y Manuel durante este primer año de romance que, en apariencia, fue bastante bonito.

Pero la carne es más débil que el pecado, y cuando las mujeres somos tentadas por las terribles garras del maligno, caemos mucho más rápido que cualquier otro ser de la creación. Me imagino que el mismísimo Satanás se ha de haber acercado a María para convencerla de seducir a Manuel, y que juntos hicieran florecer un romance infiel, ilegítimo y secreto.

No sé cuánto tiempo ocultaron su amorío del mundo, pero yo me enteré porque una vez fui al mercado y la señora de la fruta me dijo que los había visto agarraditos de la mano con una sonrisa de oreja a oreja.

Por un tiempo escuché estos rumores y no tuve el valor de decírselos a mi hija, temí que otra vez la muerte se fuera a acercar a nosotros. Cuando pasaron los días empecé a llenarme de un frío que me hacía temblar a todas horas, como si una tormenta debajo de mis pulmones estuviera lloviendo presentimientos negros en mis entrañas. Cometí el error de no confiarle estos secretos a mamá, quien seguramente me hubiera dicho que le revelara todo a su nieta.

De cualquier forma Victoria se enteró. Tal vez los encontró en el parque caminando como si fueran novios, o también a ella le fueron con el chisme en el mercado; puede ser que mi hija haya visto un gesto o una mirada… ¡Yo qué sé!

Hace una semana, sentí un cambio en Victoria. No es que antes fuera una niña risueña, pero ahora impregnaba el aire con la pesadez de sus gestos; los techos se sentían más bajos cuando ella estaba presente. Pasaba el día fuera de la casa con un amigo del que nunca había oído hablar, y yo decidí preguntarle qué había pasado con Manuel. No porque me importara, sino porque la curiosidad me devoraba.

"¿No se lo dije, mamá? Tiene una enfermedad rarísima que lo va a matar pasado mañana."

Primero creí que se trataba de una tontería, aunque luego temí por la vida de Manuel. Fue entonces que, pensando a mitad de la noche, se me ocurrió que la única forma de exorcizar al mal sería matándolo, pero el frío se apoderó de mí… una vez más estaba dispuesta a empuñar un cuchillo de cocina, esta vez contra mi carne.

¡Perdóname, Dios mío! Fui lenta y torpe, no tuve la fuerza y el valor para terminar con mi hija a tiempo.

Hace un par de días, mientras lavaba los platos de la cena, escuché un bullicio extraño en la calle, y me apuré a llegar a él con una vela en las manos. Pronto estuve rodeada por otros vecinos que también querían saber lo que estaba pasando y cuando me abrí paso entre ellos noté a Manuel y a María, juntos, muertos, llenos de manchas extrañas en el cuerpo.

Desde entonces he estado muy nerviosa e intranquila, mamá me preguntó que si oculto un romance o un dolor en el pecho. Yo le dije que mi inquietud no era por eso, mas no quise repetir el nombre del padre de su nieta.

Hoy en la mañana compré un periódico porque vi el nombre de Manuel en la portada, tenía la esperanza de que alguien hubiera encontrado algo diferente o diabólico en su cadáver; sin embargo, sólo dijeron que se trataba de algún padecimiento desconocido que no era contagioso.

Sentí una gran decepción que poco a poco me fue enfriando, hasta que me desperté a la mitad de la noche bañada en sudor, con la impresión de que tenía una pesada piedra en la garganta y otra en el estómago.

La noche era gris. Tenía una misión: yo había traído a Victoria a este mundo y solamente yo sería capaz de sacarla de él.

¿Por qué no? Antes había tomado un cuchillo, pero no fui capaz de defenderme de mi esposo, no era mi lugar, sino mi deber de esposa; cuando veo a mi hija siento algo diferente, porque lleva en su alma la muerte de tres personas, y la voz de Dios resuena grave en mis pesadillas: no matarás, no matarás, no matarás; como seguramente repitió una y mil veces a Moisés en el Sinaí, y cuando pienso en mi hija creo que no tengo más opción que evitar más desgracias.

Sé que no es fácil, y no debo dudar, no me gustará terminar como Manuel, María o mi difunto esposo.

Esta noche debe ser el momento, sin dudas. Aprovecharé que duerme y me encargaré de que nunca vuelva a despertar. Que Dios y el cielo me perdonen; de mamá yo me ocuparé, de explicarle por qué lo hice.

Ya brilla el cuchillo plateado en mi mesa, ya la luna entinta de blanco la noche. Mancharé las sombras de sangre.

Espero que ésto no sea lo último que escriba en mi diario.

Apenas puedo recuperar el aliento…

Acabo de presenciar uno de los horrores más íntimos que pueden manifestarse sobre la Tierra. No tengo explicación para lo que acabo de vivir, si es que acaso puedo escribirlo para que no suene como una pesadilla de esas que cuentan los indígenas en sus noches grises.

Hace unas horas me desperté de golpe en la noche. No entendí por qué. Estaba rodeado de un silencio extraño; largo. Apenas si había sombras manchadas por la luna. Cada rincón era el mismo, el techo bajo, las cortinas muertas. No pude volver a dormir, así que caminé por la casa cuando escuché un grito que desgarró el silencio: "¡Ay, mi hija! ¡Ay! ¿A dónde irás?"

Movido por la curiosidad, salí a la calle húmeda, a la falta de color desde las paredes negras hasta las ventanas grises… Al principio me pareció ver un camisón hecho de aire, que flotaba en la neblina, y de él brotaba una mano gris con un cuchillo negro.

"¡Aaaay, mi hija! ¿A dónde irás? ¿A dónde te llevaré para protegerte de tan funesto destino?"

Mi lengua se pegó al paladar, mis piernas temblaban, trataba de recordar alguna oración de mi infancia que servía para alejar a los aparecidos, pero mis pensamientos eran torpes. El aire estaba cimbrado con un fuerte olor a sangre.

Cuando escuché uno de sus gritos por tercera vez, temí por mi vida y sentí que me tocaban el hombro. Giré para ver a una vecina con las cejas arqueadas y las mejillas empapadas, no dejaba de mover las manos. Le temblaban los labios. No recuerdo bien sus palabras; intentó explicarme que su hija llevaba varios días sintiéndose mal, que no probaba bocado y adelgazaba cada vez más. Le pedí que fuera con un médico y ella respondió que ya era muy tarde para eso, que solamente Dios podría salvarla.

La miré con el corazón encogido, acepté confesarla y darle los santos óleos para que pudiera descansar en paz.

Empezaba a nublarse cuando regresé a mi casa por un poco de aceite de oliva bendito y mi libro de oraciones. Llovía cuando entré en la vivienda de aquella mujer, apenas iluminada por velas grises. La acompañé hasta la segunda planta del lugar, y a través de un pasillo angosto de techos cortos llegué hasta la habitación más pequeña.

La mujer intentó decirme algo, pero la oí con dificultad por el aguacero que golpeaba contra las ventanas. Me acerqué lentamente a la cama de cuatro postes y pude confirmar lo que me habían dicho pocos minutos antes: tenía frente a mí a una niña de no más de ocho años, cuyo aspecto había sido demacrado por el hambre y la enfermedad. Podía contar las canas en su peinado y el peso de las sombras que le hundían los ojos. Los labios se le habían partido a lo largo de la comisura y sangraba cuando intentaba balbucear incoherencias.

Pedí que nos dejaran solos y acerqué mi oído a la boca de aquella niña, con la esperanza de que alguna palabra hiciera sentido para que pudiera confesarla. Sin embargo, sus susurros eran muy bajos y apenas si pude entender de qué se trataba.

Aún sin ungirla en aceite bendito, estaba por salir de la habitación para secar el sudor que se condensaba en mi frente, cuando escuché que algo se caía detrás de mí. Giré para ver un jarrón hecho añicos en el piso de madera.

Ni siquiera tuve tiempo de entender la situación, pues una voz gutural llenó el ambiente; aparecía al tiempo que la niña moribunda abría los labios, pero no provenía de ella.

"Soy y existo antes del tiempo, fui carne para engendrar y sangre para parir. Fui dolor porque un ancestro mío entregó un fruto prohibido, y sentí vergüenza porque hay pecados de los que otros deben pagar las consecuencias."

Luego quedó todo en silencio; una nube de polvo se levantó de los muebles y los cuadros, y volvía a caer con horrorosa lentitud.

Pregunté quién era el que hablaba, hice énfasis en que tenía la autoridad de Dios para dialogar con demonios y espíritus, pero seguramente dudé tanto al hablar, que tuve que repetir mis palabras.

La voz volvió a escucharse.

"No hay más ciego que el que insiste en ver con la carne y no con la razón. Me has visto más de una vez, pero no has atendido mi mensaje. Antes, la copa se estaba llenando. Ahora, se está rebasando y el castigo se encuentra muy cerca."

Por tercera vez pregunté con quién estaba hablando.

—Soy la casualidad que te llevó a encontrar mi nombre en un papel perdido en los archivos de la arquidiócesis, la muerte que reposa viva sobre mi tumba, las sombras que te atormentan en la tinieblas; fui yo quien tomó un cuerpo olvidado para entregarte mi diario y quien ahora clama justicia.

—¿Eres Virginia? —pregunté a la nada, y la niña volvió a mover sus labios.

—Como muchos otros, estoy condenada a no encontrar paz en la muerte, sino que una y otra vez vuelvo a la carne, a convertirme en víctima, a ser uno y mil moretones, el desprecio del varón y el reflejo de la hembra. Encontrarás mi nombre en las páginas de la historia, repetido hasta el cansancio en letras que ya no me pertenecen. He tenido tantos hijos que me es imposible contarlos y, ahora como antes, lloro por una de ellos: ¡Aaaay, mi hija! ¿A dónde irá? ¿A dónde te llevaré para protegerte de tan funesto destino?

Dudé, mi mente era un hervidero de preguntas y cada una de ellas era un gusano que me devoraba la razón. Pero había una de ellas, una muy importante que me quitaba el sueño desde el inicio de esta investigación.

—¿Quién es el padre de Victoria?

—La luna caminaba errante por el desierto gris, en una noche que más le valdría al mundo no haber soñado. Nunca escribí estas palabras en mi diario por miedo o por vergüenza, mi madre pensó que eran mentira. El padre de esa niña no pertenece a la carne, me sedujo desde el aire, me despertó con su aliento a tierra húmeda. Apenas era una niña comprometida para casarse, cuando una noche él me despertó con sus caricias sucias. Ni siquiera pude gritar porque algo tapó mi boca e hizo de mi cuerpo su altar. Aquella noche fue como un momento de embriaguez que pasa rápido y toma control de tu cuerpo; una transfiguración a la lujuria.

"Aquel íncubo me pareció un espíritu masculino de soberbia sexualidad. Luché contra él en la oscuridad y pude palpar su fuerza, mientras él exploraba cada rincón de mi cuerpo con su maldad. Por primera vez, en aquella vida, me sentí una mujer, y lo odié, entró en mi templo y rasgó lo más profundo de mi velo. Mi desnudez se elevó en el aire en un éxtasis sangrante que me arrebató la niñez. ¿Cómo describir el dolor de la materia cuando ya no perteneces a ella?

"El espíritu penetró en lo más profundo de mi ser hasta dejarme agotada, de regreso en mi cama, húmeda de sudor y sangre. Me contraje llena de vergüenza, abracé mis rodillas contra mi pecho y lloré hasta que ya no me quedaron más lágrimas y el mundo se iluminó entre nubes de tormenta.

"Fui una tonta, creí que podía ocultarle a mamá lo que el espíritu me había hecho, aunque pronto supe que no era una cuestión de virginidad, la cual había entregado a la fuerza a un espíritu de masculinidad delirante, sino de algo mucho más grave. Se interrumpió mi regla y mi estómago empezó a crecer sin control. Quise esconderlo lo más que pude, pero mamá insistía en saber qué era lo que me pasaba.

"Las aguas del tiempo son diáfanas, padre, no hay colores en ellas. Soy pasado y futuro, soy tu madre, tu hermana, soy la hija que nunca tendrás, soy desprecio. El odio que tenía por mi hija cambió de repente cuando creí que ella también tenía un espíritu poderoso capaz de hacer maravillas…"

—¿El novio de Victoria murió por intervención suya? —la interrumpí.

—El hombre de carne repite lo que hay en su mente para que no lo olvide el espíritu. No sólo murió el novio de Victoria, sino su mejor amiga también. Vi sus cadáveres, pero no sus espíritus elevándose hacia la eternidad. En ese momento creí que era su culpa y supe que era el momento de planear el acto más cruel en el que puede caer una madre.

"Después de que escribí en mi diario, escuché que Victoria llegaba de haberse encontrado con un amigo…"

—¿Qué sucedió después? —pregunté.

—Le pedí que se sentara conmigo en la sala, yo tenía bien escondido un cuchillo de cocina entre los pliegues negros de mi vestido de viuda. Victoria me preguntó que si me sentía mal y yo la abracé con fuerza, al menos para que creyera que la quería como se supone que una madre debe querer a su hija. Con los ojos llenos de lágrimas, le conté la historia de cómo vino a este mundo, y cuando creyó en mi empatía, ella también empezó a llorar. Aproveché el momento para intentar apuñarla por la espalda, pero ella fue más inteligente que yo y una fuerza sobrenatural lo arrebató de mi mano hacia una pared. Cayó un florero.

—¿Y después?

—Ya no quiero hablar, lo que sigue fue antes de la lluvia y puede leerse, en los escombros de la casa aún queda el diario de mi madre. Sólo quiero descansar en paz. Ahora lo entiendo todo. Sólo necesito descansar.

Cuando hubo terminado su relato la absolví.

Pasaba la medianoche cuando dejó el cuerpo de la niña en forma de una mariposa negra, y repitió sus gritos mientras se iba alejando en la bruma nocturna.

Todavía no sé si lo que sucedió fue producto de una pesadilla, un juego del infierno o algo más.

Extracto del libro
Un acercamiento católico a las viejas prácticas de alquimia

Se debe tener mucho cuidado al intentar contrarrestar los efectos de las viejas prácticas de alquimia, pues muchas hembras se han entregado al servicio del maligno sin siquiera estar conscientes de ello. A lo largo de la historia de la humanidad se han documentado cientos de casos en los que el alma de una mujer, poseída en su totalidad por una lujuria sobrenatural, invoca a un espíritu para que la satisfaga sexualmente.

A estos seres se les ha llamado íncubos, y su origen proviene del politeísmo satánico del antiguo Egipto. Una hembra deseosa de sentir placer carnal puede llamarlos en sueños hasta que ellos aparecen. Entonces se da el acto sexual. Testigos que han descrito este tipo de acontecimientos, antes de ser quemados en la hoguera, afirman que estos espíritus poseen una masculinidad fuera de lo normal y que es imposible resistirse a su olor y sus caricias. Esto, evidentemente, es falso. Recordemos que Dios nos ha dotado de libre voluntad para decidir si queremos obedecerlo en cuestiones que pertenecen a nuestro cuerpo, templo del Espíritu Santo.

Que quede claro: una mujer que ha llamado y ha cometido un pecado con estos seres estará condenada de por vida, a menos que pase, voluntariamente, por el fuego purificador de la Santa Inquisición.

El propósito de la existencia de los íncubos ha estado claro para la santa Iglesia católica desde los primeros incidentes: sembrar la semilla del mal en el mundo. Existen casos, raros, pero bien documentados, en que una hembra, después de haber sido sometida a las más crueles sodomías de placer por el espíritu, se convierte en receptáculo de una semilla cuya naturaleza aún no se ha podido determinar, pero que se adentra hasta lo más profundo de la mujer.

Este intercambio sexual, por no llamarlo pecado, termina en el nacimiento de un niño demonio. El aspecto de la criatura ha cambiado, de acuerdo con los testigos. Algunos sacerdotes que han visto los nacimientos han descrito monstruosas figuras de apocalípticas facciones, varios cuernos sobre la cabeza y colas al terminar la espalda. Tan pecadoras como sus madres, suelen nacer hembras y estar rodeadas de acontecimientos inexplicables.

Las hijas de los íncubos suelen perseguir el oficio de brujas y hechiceras, y la mayoría de ellas termina confesando crímenes espantosos en los tribunales de la Santa Inquisición. Se ha reportado que entre las acusaciones que se les imputa está la de aparecerse a varias personas al mismo tiempo en diferentes lugares, curar las dolencias de pecadores con hierbas extrañas, que se encuentran contra la voluntad de Dios, y volar sobre tejados de las iglesias echando chispas por los ojos.

Grabados de la Edad Media y de la antigua Roma han documentado cada uno de estos hechos sobrenaturales que desafían las leyes de Dios.

Existe, por supuesto, otro tipo de espíritus que también influyen dentro de nuestro mundo y cuya culpable existencia recae de igual modo en la hembra, fuente de todo pecado desde el génesis hasta el apocalipsis. Este tipo de seres se llama *súcubos*.

Se dice que cuando una bruja quiere manchar la pureza de un varón, realiza un oscuro ritual de tipo carnal que llama a otro ser femenino, transparente, oculto y lleno de vicio. Entonces el ente solamente responderá la voz de aquella que lo trajo al mundo de la materia.

Resulta entonces que la víctima de la bruja, seguramente un joven bien parecido y de reputación intachable, se encuentre dormido cuando empiece a soñar con actos impropios, con la carne y el sudor, con los gemidos en la oscuridad. Esto para que el cuerpo del joven reaccione, y su miembro viril tome fuerza. Una vez que eso sucede, el espíritu femenino invocado por la bruja tomará el cuerpo del joven entre sus garras de aire, y lo arrebatará de toda ropa y tela. Acariciará su piel desnuda y fornicará con artes oscuras que acompañan el placer y el pecado como si fueran un solo sentimiento.

El propósito de esta perversión masculina es muy claro: obtener la semilla del varón y llevarla hasta la bruja, que seguramente desea perpetuar su especie maligna y demoniaca sobre la Tierra que Dios ha creado.

Tanto la influencia de los íncubos, como la de los súcubos, puede ser repelida por medio de diversos rituales y oraciones creados por los primeros cristianos, y que se anexan como un apéndice a esta obra.

En los próximos capítulos se abordará, de manera amplia, explícita y dogmática, la naturaleza de otros seres que acompañan a las brujas y la forma que pueden adoptar éstos, además de otras prácticas alquímicas de la antigüedad que puede seguir el exorcista para combatir la influencia maligna de las brujas, y para borrarlas de este mundo.

Se debe tener mucho cuidado al combatir las viejas prácticas de alquimia que usan las hembras en contra del mundo, porque ellas poseen conocimiento milenario que les permite ver otros lugares y tiempos, con sólo cerrar los ojos.

Encomiéndense a Dios y estudien bien cómo las estrellas afectan los poderes de las brujas, o bien, aléjense de esta encomienda y permitan que exorcistas más experimentadas se hagan cargo del infierno.

Nunca duden de que el varón es superior a los designios de la hembra.

Joaquín:

Cuando terminé de leer los últimos papeles que me mandaste, tuve que volver a hacerlo. Al fin tenía en mis manos la historia que estaba esperando, y parecía tan extraordinaria, que me fue difícil comprenderlo. Jamás hubiera imaginado que detrás de una pregunta inocente, en medio de una fiesta en el castillo del monte de Chapultepec, hubiera una historia tan interesante.

De inmediato, junté todos los papeles y se los llevé a Maximiliano al Palacio Imperial, junto a catedral. Encontré al emperador revisando el decreto que anunciaba la nueva división del territorio, no sé si hayas visto el mapa, fue publicado en el *Diario del Imperio* el 13 de este mes. Me dijo que lo había realizado don Manuel Orozco y Berra, un ingeniero topógrafo del Colegio de Minería.

Luego me preguntó por qué había pedido verlo y le entregué todos los documentos que me mandaste. Los estuvo leyendo en silencio. Pareció contemplar la historia y me devolvió los papeles.

—¿Usted cree lo que está escrito ahí, don Antonio? —me preguntó; siempre me ha parecido extraordinario que hable tan bien el español.

—No lo sé —respondí.

—No finja conmigo, seguramente leyó esta historia más de una vez y se formó una opinión. Dígame, ¿cree lo que está escrito ahí?

Asentí, mientras él sonreía divertido.

—Yo también, porque Dios en su infinita misericordia a veces permite que los que ya no están con nosotros puedan encontrar el perdón y la misericordia desde el más allá. No deje que lo atribule, don Antonio, exista o no el engaño en el sacerdote que cuenta la historia o la niña que hable, la historia ha terminado, el resto no nos concierne. Si Victoria vive o no, dejemos que disfrute los beneficios de Francia en México y de la paz que llegará en cuanto los disidentes dejen de luchar. Mis generales ya están en eso.

Minutos después estaba en el pasillo gris con todos los papeles bajo el brazo, con el velo cenizo cubriendo el firmamento y desmoronándose líquido con cada rayo sin color.

¡Vaya historia que me has contado! Pero nuestro emperador tiene razón, tal vez no haya mucho más que decir sobre ella.
¿Cuándo podemos vernos para platicar con más calma? Extraño las
largas tardes en las que solíamos platicar sobre el mundo mientras el
sol era devorado por la lluvia.

Espero que pueda verte pronto,
ANTONIO COTA

Mi querido Antonio:

Hace más o menos un año que no he vuelto a saber de Virginia; se acabaron las sombras en las paredes, las lunas de sangre, los murmullos nocturnos y las ratas muertas, pero ése no es el fin de la historia. Si me permites, te adjunto con esta carta los últimos documentos sobre Victoria Aguilar de León y lo que encontré en el diario de su abuela. También en una carta que me compartió un vecino cuando investigaba por ahí.

Es curioso, pero mientras revisaba mis archivos hallé una epístola que escribiste en aquel tiempo y a la que, por olvido, no di respuesta. Me preguntabas sobre mis impresiones de la llegada de Maximiliano a la capital. Como bien dice el dicho, amigo, más vale tarde que nunca.

Déjame contarte un poco cómo fue:

A las diez de la mañana nuestros emperadores hicieron su entrada triunfal entre una valla de soldados franceses y el repique incesante de las iglesias plateadas. Recuerdo que era un día gris, tormentoso; aunque no nos sorprendió la lluvia, sí se llevó el color con sus nubes.

En las calles se habían levantado arcos triunfales y columnas con ramos y coronas, francamente me sorprendió ver algunas inscripciones en náhuatl. Un grupo de *micpapalotl* (o como se llamen esas mariposas negras) pasó entre los nuevos monarcas.

En los edificios colgaban banderas y estandartes entrelazados con guirnaldas de flores marchitas. El palacio de la Plaza Mayor estaba adornado y de las ventanas de los edificios públicos pendían numerosos retratos en blanco y negro de los emperadores.

¿Ves cómo no había de qué preocuparse? El pueblo ama a nuestros nuevos monarcas.

Yo acompañaba a la gente que se amontonaba en las calles tras la valla de soldados. En los balcones y las ventanas de las casas situadas sobre la ruta del cortejo se asomaban los ricos que habían pagado precios altísimos. ¡Todos queríamos ver a nuestros nuevos

70

gobernantes! ¡Sabíamos que era el inicio del México por el que tanto habíamos luchado.

Cuando el emperador y la emperatriz llegaron en un carruaje abierto, su presencia fue anunciada con salvas de artillería desde el frente de los portales y se oyó un grito de la multitud.

En los balcones y las azoteas, las damas arrojaban una gran cantidad de pétalos grises y hojas plateadas. Otras mujeres ondeaban pañuelos o pequeñas banderas francesas y mexicanas. Cuando pasó frente a mí, su coche hizo un alto y Maximiliano saludó con una inclinación a los presentes.

Luego, el emperador se dirigió a la catedral por las calles de San Francisco y de Potrero, y allí fue recibido por el arzobispo para conducirlo al trono especialmente erigido.

Al terminar los oficios el emperador se dirigió a los grandes salones del cabildo donde lo recibió el prefecto político de México, don Villar de Bocanegra, acompañado por el general Bazaine, el barón Neigré, el general Almonte, el ministro Velázquez de León, el marqués Montholon, arzobispos y obispos, damas de honor y muchos otros miembros de la casa imperial.

Ahí estaba yo, contemplando de lejos el rostro del que ahora se llamaría el verdadero amo de México.

En el ahora Palacio Imperial, el emperador recibió a sus amigos y partidarios, presentó a los más importantes a la emperatriz, y tuvo lugar el banquete de bienvenida.

Por la tarde, dio un paseo por la Alameda y por las arboledas de las orillas. El clima le aguantó bastante bien pues, aunque hizo un frío pavoroso y el cielo explotó en un centenar de rayos sin color, no se soltó una sola gota de lluvia.

En la noche la ciudad se iluminó, y la casas de las calles principales se transformaron en palacios. Se podía ver luz en todos lados. La gran plaza, frente al palacio, fue engalanada; y en el centro fueron instalados los fuegos artificiales que se encendieron más tarde y llenaron el cielo de todas las gamas existentes de gris.

La catedral, con sus viejas torres iluminadas, era lo más hermoso de todo el conjunto. En los portales, sus corredores y la parte más alta del campanario colocaron un sinfín de lámparas. Desde las ventanas de las torres las campanas repicaban gravemente.

La procesión de los indios fue espectacular. Al frente marchaban las bandas de música. Siguieron varios carros alegóricos en los que iban niños y niñas con disfraces.

Llenábamos la plaza, pero la presencia de los soldados franceses nos aguó un poco la fiesta. La excesiva seguridad obligaba a la gente a limitarse a contemplar el despliegue de los fuegos artificiales.

Me hubiera gustado que me acompañaras en este grato momento, después de todo tú estuviste con aquellos que le ofrecieron la Corona a don Maximiliano.

Amigo, sabes que te llevo en mis oraciones y confío en que podrás visitarme el primer lunes del próximo mes en mi casa.

Tu hermano en la fe,
Joaquín Márquez

Diario de Dolores, 17 de mayo de 1845

Ni siquiera a mi hermana le conté que una noche de Navidad Virginia vino a mí, pálida y demacrada, para decirme que la había violado uno de los seres que viven en el viento. Le eché la culpa a su debilidad, le dije "cascos ligeros", y por muchísimos años creí que guardaba un pecado de lujuria dentro de sí. Mis pesadillas se volvieron violentas, se llenaron de sangre y sexo, de sonrisas macabras y silencios tan largos como los siglos. Era más fácil entender que se había enredado en las sábanas de alguien, pecaminosa y mortal; carne a la carne.

Por otro lado, contemplaba a mi nieta Victoria con cierta lástima, víctima de su propia existencia y ser. "Dios sabe por qué la hizo nacer de una mujer de moral relajada y un hombre que no quiso hacerse cargo ella", decía.

La cuidé en cada noche sin estrellas, tormenta furiosa, creyendo que si yo no le enseñaba a vivir en este mundo estrecho, nadie lo haría.

Pasaron los años y la vi florecer en una señorita de bien. Para ella fui su madre y su padre, la cubrí de regalos y me desvelé por ella. Se me fue la juventud en el trabajo arduo de alimentarla, vestirla y enseñarle cómo comportarse en sociedad.

Así fue siempre, pero se me olvidó que la vida tiene la capacidad de dar vueltas repentinas…

Esta noche estaba por relatar mi día tan aburrido cuando escuché el ruido de un cristal al romperse; por un momento no supe lo que pasaba.

Dejé a un lado la pluma húmeda de tinta, y me adentré en lo más profundo de la noche plutónica. Sin lámpara en la mano, caminé por el pasillo tanteando las paredes, hasta que llegué al final. Nunca había sentido tanto frío en mis pies desnudos. Rechinaron los escalones, se empantanó el silencio, mi corazón latía cada vez más rápido. Mis manos eran un cúmulo de nervios que no podían mantener la quietud más que unos segundos.

Por fin un rayo rompió la calma y me introduje en los misterios de la noche.

Vestida con un camisón blanco, que escondía la noche en cada pliegue, estaba Virginia, apenas recostada a la mitad de la sala, con los ojos bien abiertos y una mueca torcida. Se le marcaban las ojeras y las venas negras en las manos, y su mirada estaba fija en el cuerpo que tenía frente a ella.

"Ahora no podré protegerte, mamá", dijo Victoria, quien también había envuelto su cuerpo adolescente con un camisón blanco.

Virginia se levantó lo más rápido que pudo, aunque torpe, y fue corriendo a la pared. Arrancó un cuchillo que estaba clavado ahí. Sus pies descalzos estaban parados sobre un cúmulo de cristales rotos de lo que antes había sido uno de mis floreros favoritos. Vi la sangre.

La lluvia negra golpeaba con fuerza en la ventana, y el fresco crepitaba en los muebles; el viento aullaba. Yo decidí permanecer quieta para que no se dieran cuenta de que estaba ahí.

Mi hija levantó el cuchillo, dispuesta a sacrificar a su hija como seguramente lo intentó Abraham miles de años atrás, pero yo no supe cómo hacer de ángel para impedirlo. Los cuadros, los muebles y las ventanas cayeron, también las figuras de porcelana de la vitrina, y escuché los platos de la cocina llegar al piso. El arma se le fue de las manos a Virginia, se incrustó en la pared, en el mismo lugar de antes. La pobre cayó de rodillas mirando a Victoria con todo el resentimiento que habitaba en su corazón.

Tenía los ojos abiertos, estaba inerte; de la boca apenas brotaba un hilillo de sangre.

No hubo más movimiento en las paredes ni en la cocina, mucho menos en las ventanas. Todo fue un silencio coronado por la lluvia que reinaba sobre la ciudad, y los truenos que, de un segundo a otro, convertían la noche en un concierto de tambores.

Ahí comprendí que Virginia había dicho la verdad, mi nieta había llegado de otro mundo para arrebatarle el color a éste. Había nacido del espíritu, porque ella era espíritu y así habitó entre nosotros. Seguramente Victoria se había encargado de matar a su padrastro, a su novio y a su madre… y quién sabe a cuántas personas más, utilizando sus poderes ocultos o pidiendo a los espíritus que intercedieran por ella.

Y una pregunta maligna empezó a surgir en mi cabeza: ¿cómo matar a la bruja sin ahogar mi alma negra en su caldero de sangre?

Así, aprovechando que ninguna de ellas se había percatado de mi presencia, regresé a mi habitación y empecé a escribir estas palabras manchadas de lágrimas; me tiembla la mano, el dolor me consume.

Ahora sólo me queda tomar el rosario en mis manos y contemplar sus misterios. Mañana ya habrá tiempo de hacer las paces con mi hija, y de pensar en qué voy a hacer con mi nieta.

Ciudad de México, 19 de mayo de 1845

Querido hermano:

Quería escribirte desde ayer, pero entre una cosa y otra no he tenido tiempo de sentarme en este escritorio más de cinco minutos.

No sé si recuerdes que te había contado que frente a nuestra casa viven tres mujeres que se portan muy raro, creo que son abuela, madre e hija. Dicen que eran de familia de mucho dinero, y alguna vez tuvieron una casa enorme en otra parte de la ciudad. Yo sé que nuestro barrio no es pobre; sin embargo, me pregunto: ¿cómo acabaron aquí? No somos una comunidad de abolengo.

Te cuento. Desde que esas tres mujeres se mudaron han sucedido cosas muy extrañas por aquí, empezando por la repentina aparición de unas mariposas negras que se cuelan por todos lados. De repente estás en el comedor con alguna visita y miras al techo y encuentras cuatro o cinco. Amalia dice que te dejan ciego, aunque se me hace que es una exageración suya.

Te conozco, sé que estás pensando que estoy loco y que debería dejar de leer los cuentos que publican en los periódicos, pero te juro que lo que narro es verdad. Varios vecinos hemos visto a la joven que vive en esa casa acompañada de las mariposas, y a veces hasta parece que habla con ellas.

Justamente quería invitarte a pasar unos días conmigo para que pudieras verlo, mas el destino se me adelantó:

Hace dos días, cuando caía la tormenta que inundó la ciudad, todos estábamos en el comedor, jugando naipes a la luz de las velas. A veces escuchábamos los truenos, otras las campanadas del reloj, cuando de repente mi cuñado se levantó de la mesa y dijo que había un olor muy extraño, como si se quemara algo. Nos levantamos y revisamos la casa en busca de cualquier vela que se hubiera quedado prendida, o incluso de algo de la cena que hubiéramos dejado en la lumbre, pero al no encontrar nada, salimos a la calle.

La vivienda de enfrente, ésta donde te digo que vivían las tres mujeres, tenía las ventanas encendidas en un infierno pavoroso. Las tinieblas se habían iluminado por las llamas, el crujir de la madera;

en el cielo se levantaba una columna de humo que se confundía con la lluvia que no dejaba de caer.

Todos los vecinos nos habíamos reunido para contemplar, con morbosa curiosidad, la tragedia que acontecía frente a nosotros, y no sabíamos cómo salvar a las mujeres. De repente, la abuela apareció en su ventana y pidió ayuda a gritos, se veía realmente desesperada; su camisón estaba manchado por la ceniza y el miedo. A pesar del fuego, corría un viento gélido que erizaba la piel.

Me sentí impotente al no poder ayudar a la señora, y estaba hablando con los vecinos sobre cómo sacarla de la casa, cuando dijo que intentaría bajar por las escaleras. Ésa fue la última vez que vimos su pecho con vida.

En medio de los gritos y la confusión, alguien logró sacar a la niña de la casa. Bueno, niña es un decir, más bien a la joven. Se veía como siempre: pálida, ojerosa, pero con un cabello muy bonito. Su camisón estaba sucio; su pies, manchados de ceniza. Tosía sin control y no entendíamos nada de lo que decía; hablaba de espíritus, mariposas y cuchillos.

Estábamos tan perdidos en el fuego que, cuando nos dimos cuenta, la niña ya no se hallaba entre nosotros. ¿A dónde se habría marchado?

En la madrugada, antes de que aparecieran los primeros rayos grises del amanecer, la lluvia cayó mezclada con sangre, el mundo se iluminó de rojo por un momento y luego volvió a ser agua. Poco después, entramos en la casa, ya hecha un guiñapo de cenizas, y encontramos el cuerpo de su madre y su abuela. No hemos vuelto a saber de la niña, pero estamos todos esperando a que el cura nos diga cómo podemos ayudarla. Tiene que haber alguna forma, digo, perdió su casa y su familia en lo que bien pudo ser un accidente.

Todavía no nos reponemos de los cuerpos sin vida que encontraron hace unos días y ahora esta tragedia.

Ay, hermano, el mundo es un lugar frío e injusto que no deja que nadie respire. ¿Has notado que cada vez es más pequeño? En ocasiones lo oigo crujir, junto con las paredes, los techos, el cielo, que se siente cada vez más bajo. Sé que más allá de las nubes tormentosas hay mundos diferentes, bajo la tierra, en nuestro alrededor, pero nosotros, los mortales, estamos condenados a sufrir en un valle de lágrimas.

Si este mundo es tan cruel, ¿cómo será el purgatorio que Dios ha escogido para nuestra tortura?

Pobre niña, tan joven y ya es el vivo ejemplo de la soledad.

Tu hermano,
Diego Solano

SEGUNDO EXPEDIENTE

La liturgia prohibida

Todos nosotros somos como la suciedad,
y todas nuestras justicias, como trapo de inmundicia;
caímos como la hoja,
y nuestras maldades nos llevaron como el viento.

Isaías, 64, 6.

Mi querido Antonio:

Me arrepiento de corazón de todo lo malo que he hecho creyendo que podía hacer el bien; esta loca aventura de encontrar a Victoria ha terminado de la peor manera posible.

Sé que he pecado y he ofendido a Dios. Por eso cierro los ojos con fuerza y rezo cada vez que los *micpapalotl* entran por la ventana y se posan en las tinieblas.

Apenas si alumbra la vela para que escriba estas palabras, la razón sobre mi memoria. ¿Qué me queda? Cada palpitar es un escalón más al fuego que arde en la oscuridad de lo desconocido.

Mi espíritu, a pesar de no tener carne, sufrirá como ella, en un tiempo que ya no es tiempo, en un espacio tan pequeño que no me permita respirar, moverme o levantarme; y ahí, en eterna soledad, pasaré el resto de la existencia por los siglos de los siglos de los siglos.

Nada volverá a ser igual, nada podrá callar mi crimen… mi condena sólo dirá "Joaquín Márquez, desprecio del Creador, inmundicia de lo mundano, desecho de lo prohibido, tu pecado se recordará por el resto del tiempo mientras no haya color en el mundo".

Y tendrían razón.

¡Maldita la hora en que mi camino se cruzó con el padre Alfonso Borja!

Cuando sepas la verdad, perdóname,
JOAQUÍN MÁRQUEZ

Hace unos días recibí una carta del padre Joaquín Márquez y eso me llevó a confirmar los rumores que había escuchado hace unos días sobre una mujer que bien podría ser Victoria.

Poco queda ya del imperio, si acaso polvo en el edificio que está sobre el cerro del Chapulín, ese que alguna vez albergó los sueños de unos emperadores que amaron los valles plateados y la nieve de los volcanes.

¡Ay, México! ¿Qué será de ti ahora que tus ciudades caen ante generales liberales. Porfirio Díaz nos tiene sitiados, y los que alguna vez ayudamos a Maximiliano de Habsburgo somos el rechazo de la sociedad. Nos evitan en las calles con tal de no compartir con nosotros ni siquiera un pan duro.

Sin embargo, hace unos días desperté, me asomé por la ventana a ver la neblina que cubría la ciudad, al bajar las escaleras, descubrí que habían echado un sobre por debajo de la puerta. La letra era inconfundible, era del padre Joaquín Márquez y quería pedirme perdón por algo. No esperé más y partí para su casa, pero al llegar me di cuenta de que la cerradura estaba rota. Empujé la puerta y me adentré al caos. ¡Todo estaba lleno de muebles tirados, papeles y piezas de su vajilla hecha añicos!

—¡Amigo, soy yo, Antonio Cota! —grité por la casa, mas fue inútil, estaba sumergido en un silencio que me resultaba inexplicable.

Como pude fui recogiendo todos los documentos que hallé en mi camino. Quise dárselos cuando lo encontrara, pero por más que pregunté a nuestros amigos y a su hermana, no supieron darme razón de mi amigo.

Hoy me atreví a buscar al padre Alfonso Borja; su casa era bastante suntuosa para un sacerdote, con ventanas bajas. Me hizo pasar hasta su escritorio y lo encontré leyendo un libro grueso de piel negra. Lo cerró y se me quedó viendo con una sonrisa amplia que le deformaba la cicatriz del rostro.

—¿Y usted qué quiere? —preguntó sarcástico; tomó el cigarro que humeaba en el cenicero y lo llevó a su boca.

—Quiero encontrar al padre Joaquín; recibí una carta suya hace unos días, y no he podido encontrarlo.

—El fracaso es el resultado inevitable de todos los hombres que quieren hacer el bien, el egoísmo es la única ocasión de triunfo. Lo mismo le pasó a su amigo, usted viene a mí, ya sin un poder imperial que lo respalde, y espera que le responda así nada más. ¿Quiere conocer mis secretos?

—Tal vez Joaquín esté en peligro, o tal vez usted... —callé de repente por mi indiscreción.

—¿De qué me serviría matar a ese hombre? Sólo necesito terminar con sus ideales y quebrar su espíritu para derrotarlo. Si quiere encontrarlo, busque en todos los documentos que encontró en casa de Joaquín Márquez, nada más no venga a llorar cuando se entere de lo que hizo su amigo.

—¿A qué se refiere?

—La vergüenza y la culpa son la consecuencia inevitable del fracaso, ya se lo dije. Las únicas verdades del hombre son su inclinación al pecado y la muerte.

Volvió a sonreír y apagó el cigarro.

—Ahora, si me disculpa, tengo mucho que hacer...

Minutos después salí a la calle dispuesto a leer todos los documentos que había encontrado, ahí estaría el paradero de Joaquín y su pecado.

En cuanto termine de escribir estas líneas me adentraré en una historia que no me gustará, pero será necesaria.

El tiempo se volvió insoportable cuando el imperio mexicano se convirtió en una sombra disuelta. El cielo de la ciudad se empapa de pólvora, al igual que los templos, las calles y los muertos. Otrora teníamos la esperanza de que la fe de un príncipe europeo le regresara a la Iglesia católica el poder que se nos había arrebatado, pero las decepciones están llenas de sueños caducos. Desde que Maximiliano confirmó las leyes de Juárez, toda nuestra lucha se fue al carajo.

Y el mundo se encoge, se rasga cada vez que se hace más pequeño; me parece que esta parroquia de San Sebastián es más angosta desde la última vez que hablé con Santiago. Se han enchuecado las columnas, la imagen desnuda del mártir con flechas atravesadas y el crucifijo que aún permanece gris sin la figura de cerámica pálida. Las gotas de lluvia resbalan en los vitrales como si fueran aceite, se escuchan los cascos de los caballos salpicar, las ruedas de los coches en las piedras, pero mientras la tormenta inunda la ciudad de aguas negras, las oraciones de mis labios no pueden terminar el silencio que me invade.

Las puertas rechinan y entra una figura de negro con la ropa empapada, los ojos tristes y los labios partidos. Lo veo tragar seco y acercarse a mí sin que le preocupe la estela de lluvia que gotea sobre el mármol.

Santiago: Lo siento, fui un estúpido al haber huido de nuestro último encuentro. Lo cité aquí porque necesito que entienda todo lo que he vivido. Le contaré todo lo que me pida, pero por favor… usted es el único que puede salvar la vida de mi hermano.

Yo: ¿Cuánto vale la vida de su hermano?

Santiago: No… usted no puede hacerme esa pregunta. Felipe lo es todo para mí.

Yo: ¿Está seguro?

Santiago: Toda perfidia debe valer la pena si uno está consciente en que va a cometerla.

Yo: Pues continúe la historia donde la dejamos, pero ya no hablemos de su padre, no quiero más figuras rotas en esta iglesia. Mejor cuénteme, ¿qué pasó con V…, con ella cuando huyó de su casa?

Estamos solos. Santiago se lleva las manos al estómago y por un momento me da la impresión de que está enfermo. Lo veo más delgado, se le hunden las mejillas bajo los pómulos como si la piel se le fuera a romper. Se sienta junto a mí y noto las manchas grises de su rostro. Sé que no quiere verme, tal vez por vergüenza, pero en cuanto carraspea un par de veces vuelvo a oír su voz.

Santiago: ¿Sabe? Aunque Felipe es mi hermano gemelo siempre lo cuidé como si fuera menor. Me acuerdo muy bien que cuando éramos niños jugábamos con mis padres y maestros a ver si podían distinguirnos. Casi nunca adivinaban y terminábamos castigados, sin cenar y con unas buenas nalgadas, aunque no nos importaba, ya nos habíamos divertido. ¿Usted tiene hermanos? ¿No? Entonces se habrá perdido de los mejores desvelos, las aventuras y complicidades que tiene la vida. Me acuerdo que teníamos una casa muy cerca de aquí, y de verdad éramos muy felices; sin embargo, vinieron los soldados del norte y mataron a esos cadetes del colegio militar, fue el año en que ondeó la bandera de Estados Unidos frente a catedral. Todo era guerra, y mucha gente se salvó de las armas yanquis, pero mi madre no tuvo tanta suerte, una bala perdida le atravesó la frente y nunca más la escuché cantar.

Yo: Lo siento mucho.

Santiago: Lo sentiría de verdad si la hubiera conocido. La recuerdo tan poco que para mí se ha convertido en una sonrisa más en el tiempo, como estas figuras de santos y vírgenes. ¿De verdad cree que san Sebastián se veía así de bonito con los rulos grises bien peinados y los músculos poderosos atravesados por las flechas? ¿O esta virgen dolorosa cubierta de negro y bien maquillada con lágrimas de acero? ¿No será más real la sombra deforme que deja esta vela en aquella pared? Así veo hoy a la mujer que me dio la vida y seguramente para mi padre fue peor. Lo vi apagarse, adelgazar. Un día nos dijo: "En Puebla nos irá mejor", y partimos.

Yo: ¿Ahí fue donde la conoció? ¿En Puebla?

Santiago: Años después, sí. Primero nos mudamos a la ciudad y pusimos una panadería en la que no nos fue tan bien, pero de la que pudimos vivir más o menos. Felipe y yo aprendimos a levantarnos antes de la salida del sol y a trabajar con la harina de un molino cercano para hacer algo que pudiéramos vender. Papá se hizo amigo de un francés que nos enseñó varios trucos, desde cómo amasar hasta las diferentes formas de preparar el horno. Cuando los franceses atacaron Puebla y fueron enfrentados por las tropas del general Zaragoza, tuvo que irse de la ciudad porque todos lo veían como un enemigo de la República, y nunca más supimos de él. Tal vez esté en Francia, o sufriendo por el imperio que se desmorona.

Yo: ¿Y qué dijo su padre de eso? ¿No lo apoyó a pesar de ser su amigo?

Santiago: ¿Cómo iba a apoyarlo? Mi padre ya estaba muerto. Unos meses después de que cumplí quince años, la tristeza finalmente acabó con él. Felipe y yo entramos en su habitación para despertarlo y que nos acompañara a hacer el pan del día, y lo hallamos recostado en la cama, con los ojos cerrados y la piel blanca. Las cortinas negras contenían la noche dentro de aquella habitación pequeña, y un olor pestilente lo inundaba todo. Lo enterramos ese mismo día, mientras una tormenta arrasaba con la ciudad y las nubes bajas no dejaban que pasara ni siquiera un poco de luz.

Yo: En verdad lo siento.

Santiago: La muerte de mi padre nos dejó solos. Nos quedamos trabajando en la panadería porque era lo único que sabíamos hacer, y dejamos que los años pasaran y pasaran, siempre grises, todos los días lo mismo. Me acuerdo que decíamos. "Otra vez es Navidad, o Semana Santa, o día de san esto y san lo otro…", a lo mejor como medida de que el tiempo no se había olvidado de nosotros. Crecimos juntos y seguimos guardando nuestros secretos, hasta que una mañana, mientras preparábamos la masa de todos los días, sentimos un olor a carbón que inundaba el comercio. Volteamos y la vimos por primera vez, tan inmoral como siempre ha sido. Llevaba el peinado corto de color negro con una raya al lado como si se tratara de un hombre. Su vestido brillaba carmín en su piel blanca. Tenía el semblante duro, pero las facciones de una muñeca de porcelana.

Yo: ¿Y qué dijo?

Santiago: Sólo nos pidió una hogaza. Felipe había quedado mudo ante la belleza de V… y yo le respondí que viniera más tarde, si no quería que le diéramos pan duro. Ella dijo que así lo haría y que nos iríamos con ella.

Yo: ¿Y cumplió su palabra?

Santiago suspiró y giró hacia el vitral que tenía a la izquierda.

Santiago: Al mediodía, la panadería se vio invadida de clientes como nunca antes y teníamos miedo de no cumplir la demanda, pero ella apareció... ya sabe usted quién, y Felipe volvió a quedarse mudo ante aquel portento.

Yo: Sí, he oído a otros describir su belleza como dantesca.

Santiago: Ella emergió entre la gente y le dijo a mi hermano que se animara a vender el pan mientras yo hacía más, y Felipe decidió confiar quién sabe por qué. Intenté convencerlo de lo contrario, no podíamos hacer tanto pan, pero Felipe siguió con su plan y nunca vendimos mucho. ¡Cómo recuerdo el dolor de los brazos de aquel día! Terminamos exhaustos y yo, por lo menos, me fui a la cama sin cenar, se me había ido el hambre. Felipe y yo dormíamos en camas separadas en un cuartito que seguramente le daría pena ajena a cualquier dama de sociedad, con los ladrillos de ceniza al descubierto y las paredes desnudas. Como se imaginará, nuestras sábanas no estaban muy limpias, y el polvo se acumulaba en cada rincón.

Yo: ¿Su hermano... qué dijo de todo esto?

Santiago: Por favor, no acelere mi historia, se lo ruego. Justo ahora le iba a contar que, estando los dos en la cama, cobijados por las tinieblas, escuché que me dijo algo como: "Ahora sí me enamoré de verdad" o "¿Verdad que era la más hermosa de las frutas prohibidas?", y yo le respondí: "No sabría decirte". Cuando suspiró, supe que lo afirmaba en serio y que en verdad cometería la estupidez de dejar la panadería de papá para perseguir un sueño tonto... estúpido.

Yo: Por lo que me cuenta, arriesgaba todo por amor.

Santiago: ¡Bah!

Lo vi arquear las cejas, lentamente, y estoy seguro de que por un momento dudó en continuar o no. Movió sus dedos huesudos y apretó los labios.

Santiago: Mi hermano se había convertido en un imbécil, y tan lo supe esa noche, que soñé que la bruma se apoderaba del mundo y el sol se había convertido en un ojo gigante. Felipe, tan plomizo como siempre, caminaba de la mano de aquella mujer, y juntos llegaron hasta el fin del mundo, y ahí se dejaron caer desde la cima. Desperté gritando, sudando frío, y pasé el resto de la noche temblando bajo la manta. Fue entonces que supe cuál era mi misión: proteger a mi hermanito, hacer lo imposible por alejarlo de aquella "fruta prohibida" que lo había tentado. ¿A mí qué me importaba que su corazón estuviera ardiendo? Tenía que asegurarme de que su mente no se durmiera. Si Felipe quería dar la vuelta al mundo con alguien tan peligroso, ahí estaría yo para protegerlo de todo mal…

Yo: Entiendo…

Él ignoró mis palabras, continuó hablando y me fije en su mandíbula, frágil, sus ojos hundidos, su piel cuarteada. Se veía mayor, completamente acabado y por un momento imaginé que en su juventud debió haber sido guapo… no un guiñapo de huesos y carne muerta.

Santiago: Así que al día siguiente, nos levantamos tan temprano como siempre y aprovechamos la oscuridad y la lluvia para cerrar nuestra panadería. Nos hicimos de los centavos que teníamos escondidos detrás de un ladrillo cenizo y nos adentramos en la comunidad de aquella mujer. Pronto supe cómo había logrado llenar la panadería el día anterior.

Yo: ¿Utilizó esos poderes de los que todos hablan?

Su mirada no pudo ser más dura, apretó los labios con desdén y yo volteé a mirar a uno de los santos con los dedos rotos. Me estaba juzgando con odio.

Yo: Disculpe, no era mi intención que se oyera como burla.

Santiago: No, padre, fue algo más natural que sobrenatural. Ella ordenó a cada uno de sus seguidores que se adentrara en las calles de Puebla y les hablara de lo bien que se hacía el pan de nuestro negocio. Corrió la voz y creció la fama. Aun así, habiendo logrado que nuestra panadería funcionara, ella quería que abandonáramos todo y la siguiéramos por México, y así lo hicimos. Anduvimos por caminos desolados, entre los bosques muertos y los soldados de ambos bandos. Franceses y mexicanos se acercaban a ella para escucharla hablar de una y mil tonterías, algo sobre querer vengarse…

Yo: Por favor, me gustaría saber más de eso.

Santiago: Recuerdo que uno de los primeros días en que estábamos viajando, nos agarró la lluvia en la ciudad y entramos en la catedral de Puebla, tan gris y oscura como siempre ha sido. Caminamos con ella hasta el altar principal y se quedó mirando largamente la cruz. Luego se volvió a nosotros y nos pidió que nos sentáramos. No éramos su único público, había algunas mujeres piadosas de velo negro.

Yo: ¿Predicó en el templo?

Santiago: Nunca había visto que una mujer lo hiciera. De repente nos dijo que nosotros éramos unos tontos, que solamente veíamos los clavos, las rodillas rotas y las costillas deshechas porque ser incapaces de comprender el sacrificio. Veíamos la carne, no el mensaje... y por eso reproducíamos la sangre y no su significado. Se volvió a una pintura de la natividad, oscurecida por el humo de las velas y una vez más siguió con su discurso... "Le cantan al portal y al frío, porque no saben lo que significa que una deidad se humille. Sólo si comprendemos lo peor de la naturaleza humana, el dolor, la miseria, la destrucción, el odio y la venganza, podremos entender lo que hay en el amor y la tolerancia. De otro modo confundiremos la desidia con la bondad; no toda la carne viene del mismo espíritu".

Yo: Ciertamente es una idea que invita a la reflexión. En otros tiempos, ya la hubieran quemado por bruja.

Santiago: A mí no me puso a pensar en nada. Yo tenía miedo de que llegara algún sacerdote y oyera la sarta de tonterías que externaba. Las señoras que estaban escuchando, se levantaron y se fueron muy ofendidas. ¿Se puede imaginar sus caras en ese momento? Ésa, y muchas otras veces, me dio pena pertenecer al grupo de esa mujer. ¿Sabe? Poco a poco nos fuimos conociendo todos, y descubrimos que seguíamos a V... por razones diferentes, desde tratar de enamorarla, hasta por miedo a que su reputación sobrenatural nos matara si no lo hacíamos.

Yo: ¿Y qué pasó después?

Santiago: Lo mismo de siempre. Ella no parecía preocupada de que la gente rechazara su mensaje, o la dejaran sola. Aparentaba entender que le hablaba al aire, y que sus palabras estaban hechas para oídos de piedra. Ella siempre me pareció bastante curiosa, sabía cómo hacer que las masas se le acercaran, pero en cuanto empezaba a predicar, se quedaba sola y decía que se reservaría su secreto para otro día. Así que terminaba hablando con nosotros, siempre de lo mismo, de la fuerza de la mujer, de su lugar en el mundo, y quién sabe cuántas cosas más.

Yo: ¿Y cómo sobrevivían?

Santiago se llevó el puño a la boca y tosió varias veces, luego carraspeó y se frotó las manos. Era evidente que tenía frío.

Santiago: Siempre hay un roto para un descosido, algunas veces pasamos frente a ciertos campamentos militares y ahí nos invitaban a comer, tal vez con la esperanza de que nos uniéramos a sus filas. Muchas veces comí con el general Díaz y con su hermano Félix. Otras veces ella llamaba la atención de alguna señora rica de la ciudad y nos invitaba a comer a su casa, o nos mandaba dinero para que lo hiciéramos en alguna fonda o un motel, convencida de que huíamos de algún batallón francés. Siempre había algo sobre la mesa, así que la vida sedentaria no nos trató tan mal. Los ricos la invitaban a sus haciendas para oírla predicar o para platicar con ella en privado sobre alguna pregunta secreta que ellos tuvieran. V… siempre fue muy inteligente, hablaba como si supiera cosas que pasaban en otros lugares y tiempos, parecía saber lo que otros pensaban. Ya en privado no sé si ella les contaba a los ricos su secreto.

Yo: ¿Y su hermano?

Santiago: ¿Mi… mi hermano? Pues…

A lo lejos se oyeron las campanadas, secas, casi muertas, y en el silencio de aquella tarde, volví a escuchar la lluvia en los cristales, mientras el mundo perdía su tamaño.

Santiago (apurado): Ya le contaré, pero será otro día, me he tomado más tiempo del que disponía, y venir a verlo es muy peligroso. Nadie debe saber que deseo salvar a mi hermano o yo podría correr la misma suerte de todos los que han ponerse en el camino de esa mujer. Se lo pido, no me busque. Yo lo haré.

Yo: Que Dios lo bendiga.

Pero ni siquiera escuchó mis últimas palabras, salió corriendo del templo, y el eco de sus pisadas se perdió en la piedra. Otra vez fui silencio y abandono, permanecía solo en aquel espacio de figuras grises y mantos rojizos. Levanté la mirada a la cruz sin Cristo, y me persigné antes de salir.

La libertad no es más que la negación de la naturaleza humana.

Somos esclavos del vicio y la mentira, de nuestra propia inclinación al pecado, pues la carne es débil y suele rendirse a los deseos del maligno. Como sacerdote le debo obediencia absoluta al padre Alfonso Borja, y mientras yo sea ministro de la santa Iglesia católica, mi albedrío está sujeto a sus caprichos, deseos y perversiones. También a mis propias tendencias, desde los sueños que me invaden con lujuria, hasta el antojo de un licor que no me está permitido beber.

A veces, sin quererlo, me encuentro haciendo algo que mucho tiempo atrás había dicho que evitaría a toda costa, pero el olvido y el cansancio suelen confabular contra los deseos del hombre y jugar con el libre albedrío de las criaturas. El sueño, el hambre y la sed suelen tener más fuerza que la voluntad.

¿Somos esclavos de las circunstancias de la vida o de los designios de Dios? Aún pienso en lo que me dijo esa voz del más allá. Bien podría haberse tratado del fantasma de Virginia, lo sé, pero quizás haya sido un demonio tratando de engañarme. Y es que mientras más pienso en aquellas palabras negras, menos sentido les encuentro… una joven, casi una niña, aprisionada en cuatro paredes de noche asfixiante al tiempo que un ser invisible la violaba repetidas veces. ¿Quién podría creerlo?

De ser cierto, me pregunto si la propia Virginia sería esclava de ese terrible momento en su vida, y el trauma de aquella violación estaría latente cada día de su vida. No lo sé, pero estoy seguro de que el inicio de su embarazo cambió su vida para siempre, le arrebató la libertad y le impuso un grillete terrible llamado Victoria. ¿Y si perdió la libertad mucho antes que eso, al momento de nacer?

Tal como se me pidió al inicio de la investigación, transcribí todo en una carta de cuartillas grises y la envié al arzobispado; la respuesta vino con la letra furiosa del padre Alfonso: "Deje de perder el tiempo y encuentre a la hija del diablo" (había subrayado esa última frase).

Hay, sin embargo, una mariposa negra que me sigue a todos lados. Sé que es un insecto nada más, como miles de bichos sin color que hay en el mundo, pero cuando éste se encuentra presente, me siento observado, constantemente me vuelvo sobre mis pasos y cada vez que escribo estoy convencido de que alguien mira sobre mi hombro. Esta nueva sensación es diferente a cuando el supuesto fantasma de Virginia me acosaba. No sé cómo explicar la diferencia; el presentimiento que tengo en el estómago es otro completamente.

Ahora sé que debo empezar la verdadera búsqueda de Victoria, alejarme de la ciudad y adentrarme en los caminos del imperio. Me acompañará la soledad y el frío. Le temo al silencio porque ahí vive la soledad y habita la peor de las reflexiones.

La noche va cayendo inevitablemente en la ciudad, cada una de sus partículas negras flotan en el aire, mientras se desmoronan sobre nosotros como la ceniza de un volcán cósmico que planea sepultarnos con sus interrogantes del mundo. Otra vez las tinieblas cubren el cielo, la vela gris hace bailar las sombras sobre la pared, y una brisa gélida entra por la ventana.

Tiemblo, porque soy esclavo de mi cuerpo, de lo que siente y no puede sentir, de lo que hace tanto tiempo sintió, del amor que fue carbón en mis manos y no supe cómo mantener con vida.

No quiero recordar los ojos de plata que me acercaron al seminario cuando perdieron la vida, no quiero que mi futuro sea cautivo del pasado, aunque de ser así, no podré evitarlo.

Por el momento sólo puedo esperar a que el tiempo siga su curso, a que pueda callar el silencio de mi alma repitiendo las mismas oraciones vacías de siempre.

Mi querido Antonio:

Extraños son los caminos del Señor, se tuercen como ramas secas, y en el momento más inesperado, se separan y se quiebran.

Sin embargo, aquí estamos esperando el momento de ser ejecutados, anhelando que nuestro turno de partir sea rápido, que un día no despertemos y nos encontremos frente a Dios. Algunos tienen agonías lentas que pueden durar tantos años como el ángel de la muerte desee para satisfacer su sed de venganza sobre el género humano.

Otros hombres son diferentes, nacen en la riqueza y crecen de los lujos heredados de familia de abolengo rancio, pero se vuelven necesarios para mantener los valores católicos en nuestro país. Al menos eso creíamos, porque él también ha resultado ser una decepción para mí (y para muchos sacerdotes que conozco). Maximiliano no ha querido destruir la Constitución de 1857 ni las reformas que se hicieron después; tampoco nos ha querido devolver, como clero, las libertades que nos fueron arrebatadas con la guerra.

¡Hasta parece que salió más liberal que el propio indio Juárez! Te lo digo de verdad, me causa terror pensar en lo que está pasando en México. Dicen que las tropas sediciosas se meten en los ranchos y las haciendas, y en el nombre de su lucha se roban todo lo que pueden para comer, a veces parque y otras hombres que sepan luchar. Los asaltos han aumentado en los caminos, y yo tengo mucho miedo de que me pase algo. Sobre todo porque, como te imaginarás, cualquiera cura es un enemigo para ellos.

Hace unos días recibí un parte de un sacerdote amigo de Querétaro, quien me contó que, una tarde, Victoria entró en su iglesia y aprovechó la lluvia para hablarle a la gente que había ido a rezar. Sus palabras estaban llenas de filosofías extrañas. Te transcribo su mensaje:

El cielo está hecho para volarlo, así que vuelen a través de él; la Tierra fue hecha para ustedes, recórranla a su gusto. ¿Qué se los impide? ¿Quién? Los reinos caerán y los imperios serán cenizos. Cuando las campanas estén muertas y la cordura desaparezca frente al Santo Padre, recordarán mis palabras. Yo viajé por mi camino, porque tiene señales para mí; si te obligan a hacerlo por un camino que no es el tuyo, ¿cuánta amargura serás capaz de soportar?

Luego Victoria fue interrumpida por gritos de desaprobación de todos los presentes. Al parecer ella había prometido que ese día contaría su más oscuro secreto, ¡al fin sabríamos por qué camina por todo el imperio hablando con doctrinas tan raras! Lástima que no la dejaron y tuvo que retirarse.

Un par de horas más tarde, un hombre identificado como Santiago se acercó al párroco y se disculpó por cualquier inconveniente que hubieran causado las palabras de Victoria.

Así que es momento de dejar la ciudad de México y partir a Querétaro, esperando encontrarla. Tal vez pueda acercarme a ella, hacerme pasar por uno de sus seguidores, o hasta uno de sus discípulos. Lo complicado será encontrar una razón que lleve a su arresto. Sería más fácil si hablara abiertamente en contra de Maximiliano de Habsburgo.

Termino esta carta sin ánimos de extenderme mucho, sólo te pido que reflexiones en lo que te escribí al inicio de ella. Aún quiero que seamos amigos y espero que podamos platicarlo cuando regreses a México y nos veamos en persona.

Siempre te llevo en mis oraciones.

Tu hermano en la fe,
JOAQUÍN MÁRQUEZ

Ciudad de México, 31 de octubre de 1864

Joaquín:

Por un momento creí que ya no seguiría escuchando de Victoria, pero me dio gusto recibir tu última carta. Me parece que eres un hombre inteligente y con muchos recursos que te será muy fácil dar con Victoria, sobre todo ahora que Maximiliano tiene vigilados los caminos por su nueva ley del 3 de octubre. Precisamente uno de sus artículos dice:

> Todos los que pertenecieren a bandas o reuniones armadas, que no estén legalmente autorizadas, proclamen o no algún pretexto político, cualquiera que sea el número de los que formen la banda, su organización y el carácter y la denominación que ellas se dieren, serán juzgados militarmente por las Cortes Marciales, y si se declarase que son culpables, aunque sea sólo del hecho de pertenecer a la banda, serán condenados a la pena capital, que se ejecutará dentro de las primeras veinticuatro horas después de pronunciada la sentencia.

Así que, como verás, tiene mucho de qué cuidarse, no vaya a ser que luego acabe fusilada por ahí.

Reconozco que me sorprendió leer tus comentarios acerca del imperio. Y te entiendo: por un lado, los liberales están furiosos de que no haya un mexicano en el poder de nuestro país, y por el otro lado, nosotros no queremos que gobierne alguien que atente contra los principios conservadores. Nunca faltan las familias ricas y los besamanos que quieren escalar posiciones sociales y políticas tratando de hacerse amigo de don Fernando Maximiliano o de su esposa, incluso de sus generales más cercanos. Son capaces hasta de romper los protocolos imperiales con tal de tocar a la emperatriz o pasar unos segundos con ella.

Todos los días, Maximiliano sale de la residencia imperial, y llega hasta el Palacio Imperial, frente a catedral, mediante una complicada ruta de calles y cruces que lo hacen perder mucho tiempo;

y con la ciudad que tenemos, ni te imaginas lo difícil que le resulta cuando llueve. Se inunda un día sí, y el otro también.

Más de una vez, nuestro emperador se ha quedado a dormir en el palacio imperial, y dicen que la emperatriz se pone furiosa. Digamos que Maximiliano no tiene la mejor reputación, y que el mexicano es propenso a inventar y difundir chismes sin base alguna… que si se le vio con no sé qué criada o le echó una miradita a quién sabe qué mulata… y de ahí se cuentan unas historias sexuales verdaderamente aberrantes. Yo he estado en la Corte y no me consta nada de lo que dicen, pero quién sabe.

Para mantener tranquila a su esposa, se comenta que Maximiliano construirá un paseo que conecte su residencia con la oficina, para que pueda ir y regresar en el mismo día, sin andarse metiendo en callejuelas y atajos citadinos. Se la dedicará a su emperatriz, y se espera que inicie en cualquier momento, aunque no creo que esto sea capaz de detener los chismes y rumores que aquejan a la casa imperial.

Sólo espero que nuestro emperador no se deje engatusar con dimes y diretes de gente ociosa, y se preocupe por lo que en verdad necesita nuestro país: la fe del pueblo representada en la política y la ley, y el arresto inmediato de los generales liberales. Oaxaca es un polvorín que debe ser controlado, los ejércitos ciudadanos deben ser sometidos, se debe imponer la paz a la fuerza para que México sea el país que queremos.

Sé que no han apoyado mucho a la causa conservadora, y que hasta parecieran mucho peor que don Benito Juárez (dondequiera que esté el indio zapoteca), pero créeme cuando te digo que nuestros emperadores están conscientes de todo eso. La misma Carlota es una ferviente católica, mas escéptica de las actividades que realiza el clero, y sé que está negociando con miembros muy importantes de la arquidiócesis para mediar la relación entre la Iglesia y el Estado, pero hay curas como Alfonso Borja que nada más no ayudan.

¡Vaya! Sé de buena fuente que nuestra emperatriz gasta fortunas en obras de caridad y que tiene un proyecto para abrir guarderías, asilos y casas cuna en todo el imperio. Ni hablar de un conservatorio de música y una academia de pintura. ¿Recuerdas el proyecto del monumento a los héroes de la Independencia? Era un sueño bastante loco que se le había ocurrido al cojo de don Antonio López de Santa Anna. Pues bien, Carlota ha decidido ponerlo en manos de Ramón Rodríguez.

Se dice que pronto nuestros emperadores decretarán una ley de instrucción pública para que la educación sea primaria, obligatoria y gratuita. Falta ver que tengan dinero para semejante locura, pero parece una causa noble.

Yo estoy dispuesto a darle una nueva oportunidad a don Fernando Maximiliano; se ve un hombre de mundo, preparado, que podría hacer grandes cosas por México si tan sólo lo dejáramos. Además conozco pocas personas que amen tanto a nuestro país como él; todo el tiempo recorre los caminos y pregunta sobre historia y cultura, quiere probar nuevos platillos y descubrir sabores desconocidos para él.

En los últimos meses ha desarrollado un amor especial por Cuernavaca, donde gusta ir a perseguir mariposas negras bajo el manto sombrío de la lluvia constante.

Vamos a darle una oportunidad a don Maximiliano, estoy seguro de que puede hacer un mejor trabajo que Juárez, quien ha probado ser un hombre mucho más agresivo en sus políticas anticlericales.

ANTONIO COTA

El amor es un aire denso que entra por el corazón estrecho, acelera sus latidos y los infecta de sueños desnudos. Mi hermano no lo sabe, y nunca tendrá oportunidad de sentir algo así, pero cuando vi a Victoria por primera vez, me cautivaron sus facciones finas, como si las hubieran cincelado en un hueso ancestral, con pómulos marcados y ojos hundidos. Había algo en ella, una esencia femenina que no lo era; tenía cabello corto, peinado de raya al lado, y unos labios finos que rara vez sonreían.

Desde que entró en la panadería con su vestido rojo en el mundo gris, me imaginé lo que habría debajo de él, me pregunté qué secretos escondía esa voz tan profunda... y poco a poco me di cuenta de que tal vez habría algo más en su alma.

"Sígueme", dijo ella, y yo sabía que no había opción.

De quedarme en Puebla, esos sentimientos me hubieran apresado, hasta hacer el mundo más pequeño y aplastarme por completo. No, tenía que seguirla, al fin del mundo si fuera necesario. Sé que Santiago no lo entendió así, y desde entonces ha intentado convencerme de que es mejor volver a la vida de siempre, de agua y harina, de polvo diario. ¿Hasta cuándo? Ya estaba aburrido de mi propia existencia, de la monotonía, de sentirme solo en el mundo.

Hay algo en ella que necesito, carne que deseo probar, un aliento que anhelo se mezcle con el mío. Si tan sólo... si ella pudiera verme como hombre, pero tengo miedo de poner mis sentimientos en palabras, de que ella se aleje de mí; de la burla y el desprecio. Fue más fácil dejar todo para seguirla, que decirle lo que hay en estas páginas.

Hoy, la noche nos envolvió con su brisa gélida y su velo de lluvia. Las velas apenas podían contener la oscuridad que se iba cerrando ante nosotros y la niebla que deseaba poseerlo todo. Agradecimos una vez más a la condesa Elena de Mendoza por habernos alojado en su hacienda, y cada uno de nosotros partió a su habitación. Santiago me dirigió una mirada furiosa mientras caminábamos por el pasillo.

Cuando estuvimos bajo llave, apagó la luz, y se le fue el color al mundo. Supuse que diría lo de siempre, pero prefirió empezar así:

—¿Crees que soy tonto, que no me he dado cuenta de cómo la miras cuando habla? No puedes dirigirte a ella sin tartamudear. Siempre he sabido que te gusta como mujer, y no estoy ciego. Se puede apreciar a un ejemplar bien parecido. Lo que sientes es amor y no puedes ocultarlo. Todos los sabemos.

—¿Ella lo sabe? —pregunté yo.

—Existen pocas mujeres tan inteligentes como Victoria. Si no ha dicho algo es porque te respeta como hombre y amigo. Al menos eso creo yo. De todas maneras estoy dispuesto a decirle lo que sientes por ella si no vuelves conmigo a Puebla. Estoy seguro de que su rechazo será suficiente para que entiendas que estamos mejor en la panadería de papá.

Mas lo tomé del brazo cuando estaba por atravesar la puerta, y había vuelto su rostro hacia el mío; podía sentir su aliento furioso cerca de mí, su muñeca intentando zafarse.

—Déjame, hermano. Es necesario, me lo agradecerás algún día.

Lo solté y dejé que saliera por la puerta, pero dentro de mí sabía que perdería a Victoria si mi hermano abría la boca. Lo alcancé en el pasillo y le dije que me dejara hablar con ella. Que si alguien tenía que contarle de cada uno de los sentimientos que encerraba en mis sueños, tendría que ser yo.

—Mira, haz lo que quieras. Estoy cansado de tus secretos.

—Tú también los tienes, no te des golpes de pecho por una mujer —le respondí, y esperé a que se diera la vuelta y regresara por donde había venido.

En cuanto escuché que la puerta se cerró, recorrí la hacienda al compás de la lluvia y el provenir de las tinieblas. Recordé que nunca había visto la luna, y sólo leí una descripción de las estrellas cuando era niño. Llegué hasta la mitad del patio y levanté la vista hacia el abismo. La tela se pegaba a mi pecho, mi espalda no dejaba de gotear y mis piernas fueron presa del temblor que siempre acompaña al frío.

Fui un cobarde, me tomó demasiado encontrar el valor para externarle a Victoria lo que sentía. Más de una vez dije: "Ahora sí voy", y me quedaba a unos metros de su puerta, hasta que un suspiro me hizo sentir más tranquilo. Sólo un pedazo de madera nos separaba, la luz blanca alcazaba a filtrarse caliente desde el interior. Mi corazón no dejaba de latir, mi respiración era un volcán; alcancé a distinguirla a través de uno de los huecos de la puerta, y me acerqué para apreciar mejor su belleza.

¡Ahí estaba! Claroscuro de lo prohibido, pecado inalcanzable, tuve un destello de sus caderas, mientras éstas se liberaban del pesado vestido que había cubierto su juventud aquella tarde. El frío dejó de ser; una gota de sudor resbaló entre sus pechos y me reveló el abdomen como quien descubre a los santos de un altar. Me quedé ahí, en profunda contemplación, preso de un calor divino que no conocía.

Victoria empapó un trapo gris y lo usó para limpiar todo su cuerpo, cada rincón oculto, cada capilla y catedral; se hizo la estatua de sal más hermosa que yo haya imaginado jamás. Era suave, andrógina y bella. Se cubrió de negro y me deslumbró aún más viva que las vírgenes de las iglesias. Luego se detuvo, se mantuvo quieta unos segundos y levantó la vista al techo donde me pareció ver que, entre las sombras, se escondía una mariposa. Victoria asintió un par de veces y luego fue hasta la vela. Sonrió levemente y la apagó.

No pude ver más, la escuché moverse por el cuarto, pero sólo pude imaginarla… Como la fe que me hace saber que Dios está entre nosotros, así estaba la belleza contenida entre cuatro paredes.

Regresé a mi habitación, húmedo, excitado. No encontré a mi hermano en su cama; me imagino que está con Tomás. Así que escribo estas líneas, esperando que sacarlas de mi cabeza me ayude a dormir y a soñar con ella. Victoria, la única mujer que he conocido que puede rivalizar con los mismos ángeles.

21 de enero de 1864

Hace días que amanece frío y la lluvia nos acompaña en nuestro andar interminable por los campos grises del imperio. Hemos encontrado tropas francesas tratando de acabar con las guerrillas mexicanas que se levantan aquí y allá, pero sin conocer el terreno les resulta muy difícil.

A veces escuchamos que Benito Juárez está cerca de Guanajuato o Monterrey, escapando en su carruaje, y para algunos se ha convertido en una bandera de guerra; otros invocan el grito de libertad del cura Hidalgo. Todos tenemos alguna opinión sobre lo que acontece en el país y no podemos evitar comentarla cada vez que se presenta la oportunidad.

En un principio creí que la forma de hacer que Victoria me tomara en cuenta, era pareciendo inteligente; por eso defendía mi posición contra el imperio a capa y espada. Quería ganarles a todos en el debate, siempre tener la última palabra; hasta que me di cuenta de que Victoria se levantaba de la mesa cada vez que Maximiliano resultaba tema de conversación.

Santiago se percató de mis intentos por seducir a Victoria una noche que, intentando alejar el frío con una fogata, me quité la camisa para cubrirla a ella. Mi pecho desnudo fue envuelto por el viento apático, pero tuve que hacerme el fuerte para impresionarla. Victoria apenas si sonrió, dio las gracias y dejó la tela a un lado. Luego siguió hablando de lo que pensaba de quién sabe qué libro de la Biblia. Intenté prestarle atención; sin embargo, tenía la mente en otro lado.

Cuando terminó su discurso, Santiago y Tomás se excusaron y se retiraron a dormir, otros los siguieron; yo quería estar con ella todo el tiempo que fuera posible, cada vez más cerca de su aroma cenizo, de su aliento gélido, de su completa indiferencia hacia el mundo. Después de un silencio incómodo, nos preguntó que si habíamos oído los chismes que la gente contaba sobre ella. Yo preferí mentir y decirle que no. Juan sí se atrevió a hablar:

—En Querétaro dijeron que eras parte de una campaña del imperio de Fernando Maximiliano para distraer a la gente, mientras los soldados franceses imponen la paz en todo el territorio. En Oaxaca me contaron que tú habías sido reclutada por Félix Díaz para convencer a todos de que el imperio es el enemigo del pueblo, y que también debías mantener vivo el espíritu liberal de la Constitución de 1857.

Victoria escuchó atentamente, y luego se quedó pensativa.

—Y ustedes, ¿quién creen que soy? —preguntó.

Mi cabeza se llenó de piropos y cursilerías; a mi mente vino la sensualidad de aquella noche y la desnudez que contemplé en mis sueños. Me temblaron los labios y se me enredó la lengua. Todos mis compañeros, uno a uno, fueron externando sus percepciones sobre ella: desde una mujer valiente, hasta una enemiga de la emperatriz Carlota. Cuando finalmente llegó mi turno, sólo dije: "Una mujer con un secreto". Fue la única respuesta que la hizo parpadear, estaba sorprendida. Esa noche finalizó con un discurso muy raro.

—Vengo de un abismo de sangre y dolor, y no he podido escapar de él. Cada noche, cada sueño, cada latido, es un recuerdo constante de la traición. Recorro las calles buscando el valor para contar mi secreto, pero siempre que he creído encontrarlo, me doy cuenta de que no es así. Más de una vez más me han interrumpido cuando las palabras están por salir de mi boca. El tiempo vive en un círculo, es inevitable que todos volvamos al mismo punto.

—¿Y por qué tienes tanto miedo a hablar? —preguntó Juan.

—Porque cuando todo sea revelado, y lo será aunque tengan que pasar mil años, no quiero que se ande diciendo por ahí que lo inventé para apoyar la causa liberal, o para golpear a la Iglesia mexicana en un momento de crisis. No. Lo que guardo dentro de mí es mucho más profundo, pero mi padre no me permite vengarme. Ustedes nunca entenderán que la muerte no es el peor castigo.

—¿Quién es tu padre? —preguntó alguien, pero no vi quién. La noche era uno con nosotros y el fuego se había consumido.

Reinó el silencio, el cielo se sintió más negro que nunca.

—Todos hemos nacido del espíritu para sufrir la carne. De la imperfección fuimos creados y a la imperfección hemos de volver. ¿Les importa quién fue mi padre? Si lo supieran… si tan sólo llegaran a entender.

No dijo más, escuché sus pasos al alejarse, y de nuevo no quedó sonido alguno en el mundo. Permanecí impávido, mientras los demás se retiraban a sus habitaciones; mi sexo hervía en lujuria. Nunca había platicado tanto con Victoria, nunca la había tenido tan cerca. Sabía que esa noche soñaría con su tacto sobre mi pecho, en mi cuerpo desnudo oprimiendo el suyo, un solo cuerpo y un solo espíritu. Me pregunté cómo sería entrar en su templo y experimentar la herejía de profanar su atrio.

Una vez calmadas mis ansias, retorné a mi cuarto para encontrarme con Santiago, quien no dejó de reclamar que me veía ridículo tratando de seducir a Victoria.

—Nada más mírate, así, medio desnudo y con un bulto en los pantalones. ¿Crees que te ves como el hombre que ella quisiera? Tomás me lo acaba de decir, eres un chiste. Victoria es muy guapa, y esa hermosura que te cautivó es precisamente lo que te separa de ella. No te prestará atención, se conseguirá a un hombre grande y poderoso, tal vez algún general francés que la enamore con sus encantos y sus palabras. ¿Por qué no me haces caso y regresas conmigo a Puebla?

Lo empujé y me introduje en la cama. Esa noche soñé a Victoria con un vestido hecho de mariposas negras que le arrebataba mientras mis manos no dejaban de palpar su carne blanca. Llegado el momento, irrumpió la sangre y en el orgasmo… silencio.

3 de marzo de 1865

A pesar de todo, quiero a mi hermano, es lo único que me queda en el mundo. Sé que en estos últimos días no hemos sido tan cercanos como siempre, pero la sangre que corre por sus venas no deja de ser la mía. Contemplarlo es reflejarme, y no solamente porque somos gemelos en la carne, también lo somos en espíritu. Mismo gris, blanco y negro… como el mundo decadente.

Hoy llegué a mi cuarto con una buena noticia, y me pareció extraño no encontrar a Santiago con Tomás (ahora que pasan casi todo el día juntos). Luego de hallarlo le dije que tenía algo importante que contarle. Quería que me acompañara al patio del mesón. Él dejó a un lado su diario y se asomó por la ventana; aunque no llovía, tampoco era posible ver el cielo.

—Por favor, quiero hablar contigo. Es muy importante.

El claroscuro de la vela ensombrecía su rostro, marcaba las facciones de su tez cadavérica, y después de toser un poco, asintió. Sé que no estaba muy convencido, le ganaba el desánimo, así que apagué la vela y lo tomé de la mano. Santiago siempre me ha parecido tan ajeno al mundo y sus cuestiones, que a veces siento que debo ser su hermano mayor para protegerlo (papá nunca quiso decirnos quién fue el primero en nacer).

Caminamos juntos mientras a lo lejos se oía la marcha de la tropa, también sobre el firmamento y en las calles al contraerse el mundo. Temblábamos al recostarnos en el pasto húmedo para contemplar las ramas de un árbol seco. Una mariposa negra pasó frente a nosotros y se posó a la distancia. Por un momento suspiramos.

—¿Para qué me trajiste aquí?

—¿No lo adivinas? Después de que hiciste tu berrinche usual de ir a disculparte con el párroco por algo que dijo Victoria, ella y yo nos fuimos a caminar por la plaza. Ya no estábamos rodeados por toda la gente, sólo nos hallábamos sus seguidores… Tomás se había ido; Javier, a comer con unos amigos; Juan, a ver a su tía; y Jorge, a preparar nuestra llegada al mesón. Uno a uno se retiraron hasta que nos dejaron solos; me quedé invadido por el miedo. ¿Qué le iba a decir? ¿Cómo sonar inteligente?

—¿Y qué pasó?

La voz de mi hermano resonaba con un hartazgo interminable, estaba seguro de que no se sentiría feliz por mí ni me acompañaría en mi felicidad, pero era la única persona a la que quería contarle mi dicha.

—Pues se me ocurrió preguntarle por su secreto. Ya sabes, ése que afirma que pondrá en jaque a la Iglesia.

—Sí, ¿y qué te dijo?

—Pues no lo dijo. Se quedó callada mientras caminábamos. Sus ojos se movían mucho, seguramente estaba pensando si decírmelo o no. Así que me preguntó que cuál pensaba yo que era su secreto. Yo le respondí de inmediato que tal vez se trataba de algo político. Ella negó con la cabeza. ¿Tendría algo que ver con el imperio de

Maximiliano? Dijo que no. ¿Con la nueva Constitución? Tampoco. Insistí en el tema y sólo respondió que estábamos tan cegados por la guerra y el poder que habíamos perdido la capacidad de contemplar al individuo como persona, porque debajo de cada piel se esconde un engranaje de vida cotidiana.

—No, pues milagro hubiera sido que revelara su secreto. ¿Nada más para eso me trajiste aquí? —se burló mi hermano.

—Espérate, menso. No te traje aquí para contarte eso. Lo que pasa es que después de lo anterior me aseguró que ella me compartiría lo que escondía en lo más profundo de su memoria si yo hacía lo mismo. Yo le dije que no entendía de qué estaba hablando. Ay, hermano, si vieras la sonrisa que marcó su rostro cabizbajo.

—¿Pues de qué hablaba?

—Preguntó que si no me acordaba de aquella noche que me asomé a su cuarto para ver cómo se desnudaba. Me ruboricé, por supuesto. Estaba convencido de que en cualquier momento me soltaría una bofetada para pedirme que me largara de regreso a Puebla, y fui tonto. Muy tonto. No me defendí, sino que le inquirí que quién se lo había dicho. "Una mariposa negra", contestó, y me contempló de reojo. Noté que ella también estaba sonrojada, seguramente porque tampoco quería echar de cabeza a quien me había visto espiándola.

—Es que, Felipe, por Dios, ¿a quién se le ocurre hacer eso? Nos educaron mejor.

—Pero cuando hay un sentimiento de por medio, no importan la moral ni las buenas costumbres. Sientes, amas, vibras. Dejas de girar alrededor del sol. Yo ansiaba verla, calmar la sed de mi irrealidad, desearla desde lo prohibido hasta despertar mi hombría.

—¡Qué mal estás!

—¿Tú qué sabes? Ella también deseaba conocerme, soñaba conmigo, anhelaba que yo fuera un portento de militar entrenado. Bueno, no me lo dijo, pero lo vi en sus ojos cuando me atreví a levantarle la barbilla y admirar sus pupilas plateadas. Nos besamos, no fui yo ni ella, los dos fuimos atraídos el uno al otro, por un segundo en que nuestros labios se tocaron, y luego ella me separó. Nos miramos un momento, y la besé una vez más. Dijo mi nombre, sorprendida. Se arregló el peinado, también el vestido. Confundida, se alejó de mí. Toda la tarde estuvo evitándome, no quería verme, cenó lejos de nosotros y supe que besarla había sido la peor estupidez de mi vida.

Santiago suspiró, deformó su rostro con una sonrisa.

—Te lo dije. Ahora no tienes nada que hacer aquí. Volvamos a Puebla, rescatemos la panadería de papá y vivamos como antes.

—¡Qué equivocado estaba! Después de cenar, me alcanzó en el pasillo y me tomó del brazo. Me miró a los ojos y…

—¿Y qué? ¿Te corrió?

—Me susurró su amor.

La vida es tan volátil como la ceniza, recuerdo del fuego que alguna vez iluminó nuestra vida, pero que de repente se va con la primera brisa. Estamos sometidos a los designios de otros, y a veces no tenemos más opción que obedecer lo que han escogido para nosotros. Mi hermana, por ejemplo, se había enamorado de un caballero español que se quedó en México después de firmarse el acta de independencia; sin embargo, mis padres dijeron que tendría que ser monja porque así se lo habían prometido a Dios. Fue, se entrevistó con la madre superiora, y después de estar siete meses en el convento, le advirtieron que no servía para llevar una vida de silencio y reclusión, así que volvió a su vida secular, tan sólo para encontrarse con la noticia de que su amor platónico había tomado como esposa a una de sus amigas.

En cambio, mis padres esperaban que yo pudiera casarme con la hija de doña Regina del Monte, pero cuando empecé a cortejarla, la muerte la alejó de mí. Mi depresión me condujo a Dios y terminé siendo Joaquín Márquez, sacerdote de Nuestro Señor Jesucristo.

Desde aquel momento aprendí que son otros los que están a cargo del mundo, y para desatar una tormenta hace falta que conspiren los nubarrones y el viento furioso. Por eso, cuando no pude ir a Europa a presentarle la Corona al emperador Maximiliano, recordé que había una fuerza superior controlando nuestros destinos. ¿Sería Dios? No tengo la certeza.

Una vez más me hallo en las mismas circunstancias, tenía noticias de que Victoria se encontraba en Querétaro predicando sus doctrinas extrañas, así que viajé a la ciudad esperando ubicarla, pero cuando llegué, me dijeron que ya se había ido. Intenté preguntar si sabían hacia dónde, pero nadie supo darme razón. Algunos me dijeron que a Puebla, otros que a Oaxaca, una señora aseguró que podría estar en el puerto de Veracruz.

Cansado y desanimado, decidí regresar a la ciudad de México, esperando noticias de algún sacerdote amigo.

Con el pasar de los días llegó una carta advirtiéndome que podría encontrar a Victoria en Tehuantepec, y me preparé para hacer el viaje, preocupado de quedar atrapado en medio de una batalla entre franceses y mexicanos, aunque al salir de la casa apareció un hombre. Dijo que se llamaba Daniel Ramírez y que lo había mandado el padre Alfonso Borja.

En un principio no le creí, mas luego me mostró una carta, precisamente del padre Borja, nombrándolo mi compañero en la misión de hallar a Victoria.

Propuso que nos viéramos hoy a las nueve de la mañana, afuera de la parroquia de San Sebastián, y que llevara todos los documentos que había reunido en la investigación de Victoria. Así que me levanté con el primer trueno del día y me abrigué muy bien, la niebla ya se posaba sobre el mundo y los niños vestían de negro al asomarse por las ventanas empañadas. Los árboles torcían muertos, el polvo se arrastraba mientras caminaba en el silencio de la ciudad, y cuando llegué a la plaza, lo vi. El cabello de Daniel estaba manchado de canas desiguales, y en sus labios gruesos se apreciaban varias arrugas.

Al verme, se levantó a gritarme:

—¡Padre Márquez, le dije que llegara a las nueve, no a las nueve y cuarto! Mi tiempo no es suyo para que lo pierda. Si vamos a trabajar juntos tendrá que poner un poco de su parte.

Me arrebató los papeles y nos dirigimos a una fonda cercana para que pudiera leerlos. Yo estaba por pedir algo de desayunar, pero el padre Daniel le dijo al mesero que sólo ordenaríamos agua, y éste se retiró.

—Aprenda a hacer ayuno, padre. ¿No se lo enseñaron en el seminario? No me extraña, a saber qué clase de maestros tuvo. Me han dicho que sus sermones son un poco flojos, repite mucho las palabras y sus figuras retóricas carecen de profundidad. No, no diga nada, sólo le estoy repitiendo lo que me contaron de usted, no tengo intención de perder una hora de mi vida en una de sus misas ni soy su superior para hacerlo escarmentar. Me preocupa más lo que estoy leyendo en estos documentos. Me parece que usted confunde la fantasía con la realidad. ¡Por favor! ¿Una luna de sangre? Seguramente esta mujer, la tía abuela de Victoria, estaba imaginando cosas… ¿Un fantasma le entregó un diario, un montón de ratas sin piel, una niña en la que habita el espíritu de una mujer muerta? Estas ficciones enfermas son propias de una novela prohibida por la santa Iglesia. La única maldad que le debe preocupar es la existencia de Victoria Aguilar de León, y punto.

Más de una vez intenté interrumpirlo y argumentar que la información la había encontrado de manera legítima, o que la había visto con mis propios ojos.

—Pruébelo —siseó como una serpiente, y yo permanecí en silencio.

Partimos de la fonda, lo llevé hasta el cementerio donde se halla enterrada Virginia, y le enseñé la tumba cubierta de moho gris, mas no pudo leer el nombre en la niebla plateada. Por supuesto, no encontró las ratas; luego nos dirigimos al lugar donde estaba la casa en la que creció Victoria, pero no había nada más que un cúmulo de piedras deshechas. Por último, fuimos a buscar a la niña que estuvo poseída por el supuesto espíritu. La madre nos abrió la puerta y narró con lujo de detalle lo que ya he escrito en este diario. La niña no estaba en la ciudad; había partido a celebrar la Navidad con unas tías.

Cuando salimos de ahí, el padre Daniel, que tenía un aliento realmente pestilente, me advirtió:

—Les recomiendo sacar la historia de la niña de su expediente, está claro que se trataba de los delirios de una niña muy enferma, a quien Dios Nuestro Señor curó de repente. Así que no se cuelgue méritos que no son suyos.

Me advirtió que nos veríamos al día siguiente para iniciar una verdadera búsqueda de Victoria, pero que sería bajo sus términos.

No dije más por el resto del día para no molestarlo.

11 de enero de 1865

Después de los festejos de la natividad de Nuestro Señor, me encontré con el padre Daniel (ahora con una barba sin color que le crecía deforme, y algunos kilos de más), y me aseguró que él conocía muy bien el secreto de Victoria Aguilar de León. Por eso era preciso encontrarla en donde se reunían todas las malas mujeres: los burdeles y tugurios de mala muerte. No quise contrariarlo.

Fuimos hasta la zona más pobre de la ciudad y entramos en un edificio gris que temblaba con el paso del viento. Adentro se podía escuchar el crujir de la estructura, las paredes inclinadas y los techos que se tocaban con sólo levantar la mano. Nos recibió un hombre sucio, de apariencia lánguida. Nos preguntó qué se nos ofrecía, que no nos haría descuento solamente por ser sacerdotes. Le expliqué que estábamos tratando de encontrar a una mujer, e intenté describirla lo mejor que pude sin haberla visto.

—Ella no está aquí. Si no van a acostarse con una de mis mujeres, lárguense.

Daniel estaba por obedecerlo, cuando se me ocurrió solicitarle al hombre aquel que si podía formularles la misma pregunta a las mujeres (por no decir otra palabra) que ahí trabajaban.

El hombre dudó unos segundos y cruzó los brazos.

—¿Cuánto traen? —preguntó.

El padre Daniel le mostró algunas monedas que llevaba en el bolsillo. El hombre las tomó, gruñó y se retiró. Entendimos que nos había dado permiso, y hablamos con cuanta prostituta y soldado se nos atravesó en el camino. Estábamos por darnos por vencidos cuando sentí que me tocaban el hombro.

—Me hice amigo de una de estas pecadoras; dice que tiene información valiosa que nos podría servir.

Así que lo acompañé hasta el otro lado de la habitación, donde una mujer de cuarenta y tantos años, de mechones blancos, movía las manos en un cúmulo de nervios.

—¿Así que tú conoces a Victoria? —le pregunté.

Ella asintió.

—¿Cómo? Dímelo todo —insistí.

—Mi hermana vive en Chiapas, hace unos meses fui a visitarla porque ella se hace cargo de mi hija. Cuando estábamos en la plaza, escuché que una mujer estaba predicando no sé qué cosas sobre que nosotras tenemos derecho a ser felices, a tener vida propia sin un hombre y tal y tal. La mujer ésta tenía varias mariposas negras a su alrededor, y de repente se calló, se le quedó viendo fijamente a una de ellas; y pues yo me dije, ¿qué está haciendo *esta loca?* Porque así se veía. Caminó entre la multitud y se acercó hasta mí. Puso su mano sobre mi hombro. ¿Cómo se lo explico? Se veía rarísima, con el pelo peinado como hombre y un vestido que haga de cuenta que era un varoncito vestido de mujer.

—Cuéntanos qué te dijo —ordenó el padre Daniel.

—Que no sintiera vergüenza por mi trabajo, que todo el esfuerzo que hacía cada noche era para darle de comer a mi hija. Que no había sacrificio de la carne que no contara en el reino de los espíritus.

—¡Qué estupidez! —bufó el cura.

—Ella se fue y a otros les hizo comentarios parecidos. Yo no sabía qué hacer hasta que se acercó un joven para pedirme disculpas por lo que acababa de suceder.

—¿Cómo encontramos a esa mujer? —el desprecio del padre Daniel se escuchaba en su voz.

A mí siempre me enseñaron que era muy importante tratar bien a una mujer, sin considerar su condición o clase social. No sé, cuestión de educación.

—Hablando con ese joven me dijo que él a veces se alejaba de ella para visitar la tumba de su madre, aquí en la ciudad; o la de su padre, en Puebla. ¿Les importaría que fuéramos a mi cuarto para que les dé el nombre del joven y los cementerios que frecuenta? No quiero que otros me vean platicando con dos sacerdotes… Digamos que no ayuda al negocio. Miren, esperen unos minutos y sigan por este pasillo; la segunda puerta a la derecha es la mía. Sean discretos, por favor.

Asentimos y la vimos partir. De inmediato, el padre Daniel me preguntó qué opinaba sobre la historia de aquella mujer; yo le dije que bien valía la pena darle una oportunidad. Él se quedó con la boca abierta observando la pared detrás de mí, y cuando me volví entendí la razón de su extrañeza: entre la luz tenue que iluminaba el lugar se percibía una sombra sin cuerpo, un hombre que parecía contemplarnos desde el abismo.

—Tiene un cuchillo —señaló mi acompañante.

Luego la sombra empezó a caminar por el pasillo en el que antes habíamos visto a la prostituta, y la seguimos, esperando averiguar de qué se trataba. Penetró la materia de la puerta sin siquiera abrirla, y escuchamos un grito agudo en el interior. Todos los presentes se acercaron a nosotros. Fue el hombre lánguido quien se atrevió a abrir la puerta y, al adentrarnos en la pocilga, contemplamos a la mujer. Habían atravesado su garganta con un cuchillo filoso y apenas se movía sobre un charco escarlata.

El hombre le preguntó quién había hecho eso y ella levantó su mano derecha hacia nosotros, mientras intentaba borbotear "Santiago Barrios". Luego su muñeca cayó sobre la mugre y su pecho dejó de inflarse.

Lo siguiente fue demasiado confuso: varios hombres se abalanzaron sobre mí y el padre Daniel; algunos nos golpearon el rostro, otros pedían que nos sacaran a la calle para lincharnos, mientras repetíamos una y otra vez que nosotros no habíamos sido culpables.

Entre la multitud aparecieron tres militares y gritaron que ellos eran testigos de que no habíamos entrado en el cuarto, que no matamos a la mujer. Así que los presentes nos registraron y corroboraron que no portábamos ningún tipo de arma; tampoco descubrieron una en aquella habitación ensangrentada.

Preocupados de que volvieran a sugerir nuestro linchamiento, aprovechamos la confusión para escabullirnos.

A la mañana siguiente pregunté al padre Daniel su opinión.

—Está claro que se trataba de la sombra del asesino, lo que pasa es que usted no tuvo la agudeza de ver que había otro hombre en la habitación, que precisamente escuchó todo lo que ella nos había dicho, y para callarla fue hasta su cuarto y la mató.

—Pero...

—Una protesta más y le escribiré al padre Alfonso Borja quejándome de usted. Se lo advierto. Y ni se moleste en buscar al tal Santiago, está claro que es el nombre del asesino, y a nosotros no nos corresponde encontrarlo.

El mundo está lleno de cosas que no podemos comprender, desde las estatuas negras de la santísima Virgen que lloran sangre por las noches, o la supuesta imagen de san Sebastián hecha de mármol, que dicen que atrae la muerte instantánea a todos aquellos que besen sus flechas.

La narración que están por leer a continuación pretende ser una más de los anales de lo sobrenatural sobre nuestro mundo sin color.

Carmen Vélez ha sido viuda por más de veinte años, se gana la vida siendo cocinera de una familia de abolengo y, según cuentan sus vecinos, nunca se ha perdido una misa de siete de la mañana.

Hace dos días, Carmen volvió a casa por la tarde, juzgando que no llovería a pesar de los truenos que azotaban la ciudad. Ya que Dios no la bendijo con el don de la maternidad, solamente tiene que cuidar de ella, por lo que procuró esa tarde lavar sus vestidos blancos más finos y los colgó en el patio para que se secaran.

Posteriormente volvió al bordado que preparaba para una sobrina que estaba por hacer la primera comunión, cuando escuchó que las primeras gotas de lluvia golpearon contra su ventana. Tan rápido como pudo, fue a quitar sus vestidos, cuando hizo un macabro descubrimiento… pues con la lluvia también caía sangre, diluida y pesada, acabando con la virtud de sus telas.

No hubo mucho que pudiera hacer, la ruina había caído sobre su casa; intentó volver a lavar, pero los manchones rojos no salieron de lo blanco y, gris, maldijo a los cielos.

"No es la primera vez que sucede algo tan terrible", dijo a este periodista, quien se trasladó a comprobar la sangre sobre el patio, pero no pudo hacerlo porque la lluvia se la había llevado. "Hace unos años, la noche en que se incendió una casa de por aquí cerca, también llovió sangre un rato, y luego sólo agua… y también se me echó a perder un mandil."

Esta información fue corroborada por otros vecinos de la cuadra que también afirmaron que la sangre resbaló por sus ventanas, hasta sus patios de piedra. La causa de dicho evento, casi bíblico, no ha podido encontrarse. Algunos dicen que es porque Dios debe estar enojado con México por haber aceptado a un monarca extranjero en el trono; otros afirman lo contrario, que precisamente está furibundo porque las tropas han abandonado el país y no hay forma de cuidar la casa real.

En opinión de este reportero, lo más probable es que se trate de un invento colectivo como el fantasma que recorría las calles gritando: "Ay, mi hija. ¿Cómo haré para que escape a su funesto destino?"

Este periódico publicará más al respecto cuando haya más actualizaciones de la historia.

Padre Joaquín Márquez:

Según lo que me cuenta el padre Daniel en su última carta, usted no ha resultado ser tan inútil después de todo, aunque sí un gargajo desobediente. Se le dijo claramente que no buscara al tal Santiago, que había otras pistas más importantes que seguir, y que un sacerdote se veía muy mal confiando en la palabra de una prostituta muerta. Usted, más que nadie, sabe que las mujeres que no tienen moral son capaces de caer en los pecados más obvios con tal ganar unas cuántas monedas.

Cuando nos veamos quiero que me cuente cómo, recibiendo de una prostituta el nombre de este colaborador de Victoria, lo encontró. ¿Se puso a visitar cementerios y a recorrer iglesias? Según lo que me ha dicho el padre Daniel, usted preguntó tanto por el tal Santiago, que fue él quien se acercó a usted.

Fue muy imprudente que lo hiciera así, padre Joaquín; muy imprudente. ¿Se imagina lo que pasaría si Victoria se llega a enterar de que la estamos buscando?

Le recomiendo que me haga llevar, a la brevedad posible, el texto íntegro de la entrevista que sostuvo con Santiago, en la ciudad de México.

¿Se volverá a reunir con él? ¿Cómo lo ayudará a encontrar a Victoria? Tiene muchas preguntas que responder en su próxima carta.

Se lo dije antes y se lo vuelvo a repetir: ¡Haga lo que se le pide!

ALFONSO BORJA

En las últimas ciudades que hemos visitado, varias personas nos han dicho que hay curas que están preguntando por ella, y más de uno ha insistido que nos quedemos con ellos unos días, pero la mera verdad no me da buena espina; éstos se traen algo.

—Si te están buscando, ¿por qué nos metemos en la boca del lobo? —le pregunté.

Estábamos caminando por un campo de pasto quemado, seguramente en alguna batalla, y el humo brotaba bajo nuestros pies, la plata en nuestras cabezas, un pedacito de infierno en pleno México.

—Mira a tu alrededor, ¿no hueles la muerte? ¿No escuchas el silencio de los cadáveres que sube desde sus tumbas? Aquí no hay soldados franceses marchando ni se oye el rugir de los cañones. El emperador ya no está en la capital, huye como alguna vez lo hizo Benito Juárez. Estaremos seguros en la ciudad de México hasta que las últimas balas por la soberanía de México hayan encontrado su reposo en la historia. Carlota ya está en Europa, aunque su mente no lo esté.

—Por favor, no puedes negar que estás en peligro.

Pero ella no me escuchó, siguió caminando por la ceniza del campo y el cielo. Me detuve a pensar en las palabras de Victoria, y en mi mente aparecieron un centenar de cadáveres apilados, todos ellos víctimas de esta lucha por el gobierno, ¿imperio o república? En todo México hay familias separadas por la desolación y las diferencias políticas; la religión y el gobierno han sido las causas de muerte más importante en los últimos años.

A lo lejos se escuchó un grito masculino, luego un disparo. Paramos por unos momentos y nos vimos sin decir nada.

—En la capital estaremos seguros —dijo Victoria, y reanudó la marcha.

En unas horas llegamos a la ciudad y cuando estuvimos solos Victoria se mantuvo distante, separada por la noche espesa que empañaba las ventanas; apenas una llama gris agonizaba en una vela pequeña escurrida en cera vieja.

—¿Por qué me ignoraste en el camino? —pregunté.

El rostro de Victoria adquiría otra profundidad cuando las sombras penetraban en las pequeñas arrugas que tenía alrededor de los ojos; se veía como un joven de rasgos finos.

—Porque toda mujer que se enfrente a los cuestionamiento de un hombre, pierde por más que gane. El silencio suele ser la mejor respuesta a la mayoría de las preguntas porque, siendo la verdad subjetiva, toda discusión puede continuar hasta el fin del mundo sin un punto de acuerdo.

—Victoria, te lo pido, no estamos seguros aquí. ¿Por qué no nos vamos a Puebla? La panadería todavía está a mi nombre, podemos escondernos todos ahí hasta que pasen estos tiempos tan violentos.

Ella me miró con lástima, acarició mi mejilla y sonrió con ternura. Tragué saliva, con un deseo insoportable de tomarla de la cintura y llevarla hasta mis labios para calmar sus angustias con mis besos.

—Si supieras lo que yo sé, mi pobre Felipe, para el mundo de los espíritus no hay cabida para las leyes de lo material. Quienes son capaces de hablar con los seres de otras dimensiones, pueden conocer lo que sucede más allá del tiempo y el espacio, sin limitar su sabiduría a lo científico. El 2 de abril ocurrirá algo en Puebla, que en cualquier momento será sitiada. Nosotros también sufriremos algo parecido.

En verdad era hermosa y delicada; deseaba protegerla, pero ella no quería. Supuse que la mejor manera de terminar la discusión era aprovechar que la vela se había consumido y quise hacer del templo de su cuerpo una catedral de caricias pero, aunque al principio permitió que mi aliento se confundiera con el suyo, me hizo a un lado.

—No abras la herida —susurró antes de irse y dejarme lleno de dudas.

Regresé a mi habitación, y no encontré a mi hermano… Se me acaba la tinta, así que dejaré la pluma por ahora; a dormir porque quién sabe qué nos espera mañana.

Penetrar la fantasía es adentrarse en el templo de lo inexistente, en las columnas de lo carnal y los santos de lo prohibido. Al cuerpo lo envuelve el frío, los brazos largos de la ternura virgen, y uno queda sumergido en los vitrales apagados de la mirada opuesta.

Hay más que incienso en el aire, el fulgor de veladoras blancas, y manchas deformes a nuestro alrededor. Hay un miedo latente, una aceleración divina en el pecho que confunde el nerviosismo con la excitación, un susurro de nuestros nombres como el niño que pronuncia el padre nuestro ante su madre por primera vez.

Como buen devoto, me arrodillo frente a la inmaculada y levanto la mirada, piadoso; sonrío al conocer la salvación. Deseo que su lengua y la mía compartan la misma oración, perpetua; un solo aliento en busca de la divinidad. Existe un anhelo ferviente de que los altares de la creación guarden un lugar para nosotros, para que escalemos por la plata y poseamos nuestra piel de mármol de dureza fría y arrugas grises.

Somos carne, espíritu, imagen y semejanza; Victoria revela ante el mundo su paraíso, el fruto prohibido de su bíblico portento, los montes de la lujuria, que recorro con cada célula de mi piel, mientras ella imita el cántico de los ángeles en éxtasis.

Inocente, le revelo el fervor de mi piel, pues la santidad de mi pecho es un tremor de latidos inconstantes que se emocionan ante el altar de su diosa; deseo beber de su cáliz, probar de su pan. Somos un diluvio de piel, arca de la lujuria contenida que se desborda sobre el templo de la noche.

Báculo de plata, frío metal de dureza indudable; fiel acompañante en la vida; orgullo; miedo; volcán despierto que entra por los portones del delirio, por el pasillo de la perdición hasta el altar de la feminidad.

Un rayo, anuncio. El trueno, musical. Cascada de lluvia ensangrentada cae en la ciudad; dentro la casa, sigo en el templo, lo exploro, lo siento y me siente; ardo en él; cada banca es mía, el órgano está lleno de notas que vibran por los poros, de temblores que agitan candelabros y gotas de cera que se derraman por la vela de mi pecho; dan brillo a mis labios y forma a mi abdomen.

Dos almas que comulgan, dos movimientos opuestos que invocan el placer, desde la letanía de lo oculto y las siluetas de lo carnal, latidos en un gemir sin descanso, tan largos como el tiempo, tan profundos como el abismo; Eva palpa la piel de Adán, mientras su espíritu cierra los ojos y roza las estrellas.

Al hacer erupción el volcán, sé que la lava destruirá todo y recorrerá cada columna y cúpula hasta llevar a la sacristía del cuerpo; y el cansancio invocará al silencio.

Victoria se recuesta sobre mi pecho húmedo, y un dedo basta para acariciarlo y volver a despertar la fantasía de mi erotismo. Ella cierra los ojos y empieza a dormirse: "No fuiste el primero, pero de alguna forma lo fuiste".

La noche penetra en nosotros, el frío vuelve a desplegar su velo, y por un momento cierro los ojos y la memoria hace regresar el tiempo…

21 de marzo de 1867

La lluvia de sangre fue tema de conversación para muchos de nosotros por varios días. Victoria me había revelado en completa confidencia la verdad detrás de este fenómeno:

"No es la primera vez que sucede, Felipe. Cuando un hombre entra en mi cuerpo, el mundo de los espíritus se abre y sangra con la lluvia. No se lo digas a nadie por ahora",

Por supuesto, callé todo lo que ella me había dicho, permanecí mudo ante las discusiones y cuando me preguntaron qué me pasaba, simplemente levanté la cabeza y les dije algo así como: "Quién hubiera dicho que todo terminaría tan rápido".

Pensaron que estaba hablando de la lluvia, pero más bien pensaba en Maximiliano. Victoria se levantó, arregló su vestido sucio y trató de acomodar su peinado con las manos; bajo los ojos se le marcaban unas ojeras bastante profundas, se veía preocupada.

—¿Otra vez contemplando los símbolos? —nos cuestionó.

Nos miramos un poco turbados.

—Un dios se sacrificó a sí mismo, ¿y todo lo que pueden ver es un pedazo de madera? Ven la sangre, pero no la sienten, nunca entienden…

Ofendida, orgullosa y digna, levantó la cabeza y se marchó de ahí.

Algunos compañeros se ofendieron, otros se extrañaron. Yo crucé la mirada con Santiago y noté el resentimiento en sus ojos. Era claro que estaba más que harto de Victoria, y ese tipo de actitudes no ayudaban a entenderla.

¡Carajo! Siento que todo se desmorona.

Nota de Antonio Cota: El siguiente documento fue añadido por mí meses después.

Extracto del libro *Un acercamiento católico a las viejas prácticas de alquimia*

A lo largo de la historia se han hecho numerosos reportes de la influencia del maligno sobre la creación de Dios. En tiempos antiguos se sabía de la presencia de una hembra que había vendido su alma al diablo porque al entrar a una comunidad se secaban las plantaciones, se congelaban bajo la luna o eran presa de incendios nocturnos. Se ha planteado la posibilidad de que las inundaciones que ha sufrido la Nueva España son por la venganza de un espíritu que no desea que esas tierras sean evangelizadas.

Un sacerdote exorcista que tenga la vocación de luchar contra estos seres femeninos debe estar preparado a combatir a los demonios que los acompañan y no confundirse. No hay espíritus benignos, todos son ángeles caídos que tienen deseos de venganza contra el mundo de Dios y el género masculino. De esta forma, el exorcista que lucha contra estos demonios debe tener en cuenta las siguientes consideraciones que podrían salvar su vida:

Primero, que Jesucristo tiene poder sobre todos los seres del mundo, carnales o espirituales; y sus templos son recintos de un poderío inigualable. Cuando se está siendo perseguido por un demonio, el exorcista puede encerrarse bien en una iglesia y esperar a que la contingencia termine. Por ningún motivo se debe abrir puerta o ventana durante el ataque, porque el mal se colaría dentro de la estructura, y el demonio sería capaz de causar daño físico y moral al sacerdote.

Fue durante las primeras comunidades cristianas que se reportó por primera vez el fenómeno de voces demoniacas, oídas sólo por la víctima, y en las cuales invitaba a matar a miembros de su familia.

Segundo, que la sangre que han derramado los mártires ha sido por nuestro bien y nuestra protección. De este modo, pedirles que intercedan por nosotros y cubrirnos con sus reliquias nos mantendrá protegidos de las acciones de los demonios. San Francisco de Asís demostró esto al final de su vida cuando, acosado por un ejército de demonios que querían destruir su fe, se colocó al cuello una reliquia de santa Helena (ahora en México), una cruz de plata que alejó la influencia del maligno.

Tercero, el agua bendita es capaz de purificar un ambiente infestado de demonios. Hasta el momento de la publicación de este libro, se han reportado múltiples casos de hombres y niños poseídos por estos demonios. A través de sus palabras de engaño, se identifican como almas en penas que acaban de morir o han escapado del Purgatorio, lo que piden es un momento de confesión para contar historias contra natura. El exorcista no debe dejarse engañar ni debe caer en esos juegos del maligno; de inmediato debe acudir al Ritual Romano para expulsar al espíritu.

Cuarto, ante todo la fe en Nuestro Señor Jesucristo. Porque todo ministro del Señor debe creer que detrás de cualquier acción de estos demonios, o del resultado del exorcismo, cualquiera que éste sea, está la mano del Altísimo. Él es quien vela por sus criaturas y las cuida con amor; es lento para enojarse pero rápido para perdonar. Sin Él no hay existencia, porque es el Alfa y el Omega. Si tenemos fe en que Él ha permitido esta maldad para obtener un bien de ella, ¿quiénes somos nosotros para juzgarlo? El mal está al acecho y puede manifestarse a través del demonio, el mundo y la carne. Por eso Dios permite a los íncubos tomar con lujuria el cuerpo de las mujeres para procrear el mal, pues sólo así podemos encontrar el bien.

Ésta es la auténtica naturaleza de la verdad que nos ha otorgado Dios, pues si no existiera el mal, ¿cómo podríamos hacer el bien? Ni siquiera comprenderíamos la bondad si no tuviéramos la habilidad de compararla con la maldad. Para un exorcista es importante entender este punto; si no, perderá la fe y quedará a merced de sus verdugos espirituales. Por lo mismo, en el siguiente capítulo se explicará, de forma detallada, los ejercicios espirituales que fortalecerán el alma contra estos ataques, así como las diferentes especies de demonios que han sido identificadas por sacerdotes y monjes en todo el mundo.

Joaquín:

Las cosas en México no se encuentran muy bien, el emperador está perdiendo el respeto de la gente e insiste en visitar Querétaro para descansar y, dicen, perseguir mariposas. Otros afirman que lo que persigue no son insectos sino otras faldas. Desde que la guerra en Estados Unidos llegó a su fin, y la noticia recorrió el mundo entero, Napoleón decidió retirar las tropas de nuestro país y los soldados liberales han ganado terreno.

El otro día, mientras caminaba por la ciudad, me entregaron un panfleto que contenía cierta historia sexual de don Fernando Maximiliano practicando cosas terribles con hombres y mujeres, sin hacer diferencia entre ambos. Por supuesto no terminé de leer semejante porquería, de inmediato la aventé a las llamas grises de mi chimenea, luego estuve pensando que tal vez te hubiera gustado leerla. Por puro interés humano de lo que está sucediendo en el país.

Por eso te pregunto: ¿quién podría apoyar a un emperador extranjero ahora?

Los generales mexicanos están luchando por la soberanía del país, ganando batallas aquí y allá. A veces han logrado capturarlos, pero más tardan en encerrarlos, que ellos en escaparse y volver a las armas. No los detiene el hambre ni la sed, siempre hallan la forma de conseguir parque para continuar con su lucha.

El partido conservador se dio cuenta de que ninguna de las reformas implementadas por la nueva casa imperial les servía. Para nuestra desgracia, las leyes aprobadas sobre el matrimonio civil repiten las de Juárez.

Pensábamos que Bélgica prestaría su apoyo a la casa real en México, con eso de que se trata del país natal de doña Carlota; sin embargo, hace poco nos llegó la noticia de que había muerto su padre Leopoldo I. No creo que su hermano quiera apoyarla.

Mientras tanto, Juárez ha abandonado Chihuahua y se rumora que va hacia Paso del Norte, mientras que doña Carlota ha vuelto a la ciudad de México después de su viaje a Yucatán; dicen que quiere velar por el bienestar de los indígenas.

¡El mundo se cae a pedazos!

ANTONIO COTA

Mi querido Antonio:

¿Recuerdas que en mi última carta te conté que había encontrado a uno de los seguidores de Victoria? Un tal Santiago que no tiene buena pinta y suele ser muy temperamental, pero con quien tengo que poner una buena cara y hacer las preguntas correctas si deseo las respuestas que estoy buscando. A veces me cuenta de la infancia de Victoria; otras ocasiones, de sus discursos a la gente, pero hasta el momento no me ha dicho cómo encontrarla.

No sé si conociste al padre Daniel personalmente o sólo por su reputación. En lo personal (y te lo digo con la condición de que no se lo cuentes a nadie) me parecía un hombre carente de sensibilidad hacia sus semejantes y de las reglas más básicas de urbanidad. Siempre externaba comentarios sobre lo mal vestida que iba la gente, sus hábitos alimenticios o hasta su clase social. Más de una vez lo escuché burlarse de alguna señora que iba a comulgar solamente porque su ropa tenía remiendos. Una de las últimas veces que hablamos, cuando no quiso dar misa en la zona más pobre de la ciudad, me dijo:

—El estudio de la Biblia y toda la literatura debería ser exclusivo de nosotros, que podemos entender sus palabras y darlas a conocer. El resto de la población no tiene la capacidad de tener fe. Mejor que crean que algún ángel los va a sacar de la pobreza, y que nos sigan dando dinero, así no encontrarán la malicia para acabar en los vicios del juego y el licor.

Quise decirle muchas cosas, sin que pareciera un regaño, mas creí que mis palabras se malinterpretarían. ¿A quién engaño? La verdad es que tuve miedo.

Al terminar una de las últimas reuniones con Santiago, me encontré con Daniel afuera de la iglesia y le entregué todo lo que había escrito. Él se sentó en la plaza y lo leyó con suma atención, antes de gruñir y devolverme los papeles. Muy enojado me dijo que todo era una pérdida de tiempo y que el padre Alfonso Borja estaría muy enojado de que estuviera desperdiciando esta oportunidad en una completa estupidez.

—En lugar de preguntarle a ese pecador sobre el pasado de otra pecadora, debería conseguir la dirección exacta de Victoria. Después de todo el trabajo que hizo para encontrarlo en los cementerios de Puebla y convencerlo para que se reuniera con usted en la ciudad de México, pierde una gran oportunidad.

Yo repliqué de inmediato:

—Colega, por favor, se vería muy obvio que de inmediato le pregunte a Santiago por Victoria. Él nos la quiere entregar, pero todavía no me ha dicho por qué y es muy importante para él contar su historia.

Luego murmuró algo sobre perder el tiempo y por qué él tenía que hacerlo todo porque los demás eran unos completos inútiles.

El padre Daniel mostró mucho interés en mi próxima cita con Santiago, y así se la hice saber; creí que deseaba presenciar el interrogatorio en la parroquia de San Sebastián. Sin embargo, no fue así, no hubo rastros de él ni siquiera para el desayuno. Tras la entrevista, salí a la plaza húmeda y caminé en la soledad de las calles desiertas.

Horas después, el padre Daniel vino a tocar a mi puerta, el sudor salpicaba su frente. Sin que lo invitara, pasó con mucha dificultad y, tras tantear las paredes, se sentó en mi humilde salita. No dejaban de temblarle las manos, me pidió que apagara las velas porque la luz le molestaba. Completamente a oscuras en una noche sin luna y estrellas que morían a cada segundo, quiso contarme su historia para que pudiera guardarla en mi expediente.

Según él, había seguido a Santiago hasta un cementerio cercano, donde lo vio arrodillarse ante una tumba y llorar en silencio, para luego trasladarse al cuarto de un hotel cercano donde el cura tocó la puerta y entró. Exigió que le dijera dónde se encontraba Victoria, aunque Santiago respondió que solamente lo revelaría cuando terminara de contarme su historia para que entendiera todo.

Para desgracia de Santiago, el padre Daniel no es un hombre al que se le pueda decir que *no* tan fácilmente, y que es más conocido por sus reacciones viscerales que por su gran inteligencia (aunque él intente afirmar lo contrario).

"Tú no sabes con quién estás hablando", es una frase que suele ocupar el padre Daniel para humillar a todos.

Santiago demostró ser muy inteligente al asegurarle que se lo revelaría al oído; entonces se acercó lentamente y le susurró el secreto: la ubicación de Victoria.

Cuando el padre Daniel me contaba esto, palideció aún más, pude notarlo en la oscuridad. Sus ojos estaban bien abiertos y no dejaban de mirar a todos lados.

El cura no le creyó y dijo que regresaría a la mañana siguiente para interrogarlo de nuevo, así que más le valía que pensara mejor las cosas porque no quería escuchar cuentos tontos de demonios y fantasmas. Mas cuando salió del hotel donde se alojaba Santiago, sintió un aliento frío detrás de la nuca y se apresuró a rascarse, tan sólo para descubrir que tenía una mariposa negra.

La mandó a volar y siguió su camino, pero percibió algo extraño: murmullos por doquier, la sensación de sentirse observado y, sin embargo, no había nadie cerca, ni siquiera curiosos en las ventanas. Pensaba escribir por la noche al padre Alfonso Borja con la ubicación de Victoria para que la arrestaran.

Él mismo acudió a su iglesia e intentó oficiar la misa de nueve de la noche, aunque no pudo terminarla. El vino que había en la copa de plata le resultó terriblemente amargo, al igual que la hostia. Terminó antes de tiempo y corrió a todos del templo. Las paredes estaban llenas de sombras ajenas, que se movían con el crepitar de las velas, pero había algo extraño: ni la Virgen ni los santos producían sombras humanas, parecían bestias sin cuerpos. Estáticas, su tamaño bailaba con la noche hasta que, silenciosas, desaparecieron.

Luego se dirigió hasta el cuarto que rentaba y su casera le subió un poco de pan y agua, pero también eso le supo amargo. Una vez más, levantó la cabeza y se percató de que una mariposa negra revoloteaba en su habitación. La luz le pareció brillante, como si una vela se hubiera convertido en el mismo sol, toda la vida se difuminó ante sus ojos y quiso venir corriendo hacia mí, esperando que pudiera ayudarlo.

—Ahora entiendo lo que dijo el padre Alfonso; esta mujer es la hija del diablo, y está usando su poder para terminar conmigo.

Le dije que lo acompañaría hasta su cuarto y que velaría su sueño, con un rosario, y que a la mañana siguiente le haría un exorcismo con agua bendita. Esperaba que funcionara como con la niña poseída por el espíritu de Virginia.

Antes de partir, intentó beber agua por última vez, pero la escupió, luego se le quedó viendo a la copa.

—Esto es sangre, ella lo convirtió en sangre.

Pero yo sólo vi agua.

Lo tomé del brazo y lo saqué a la calle; juntos caminamos hasta su casa, donde lo recosté en la cama con su sotana puesta, y esperé a que durmiera. Cumplí con mi parte y, sentado a su lado, recé cuantos rosarios pude hasta que mis párpados se me cerraron y me quedé dormido.

El pálido sol de la mañana siguiente me despertó de golpe, rápidamente me volví y toqué la mano del padre Daniel para despertarlo; la sentí fría. Su frente estaba pálida y su pecho no se movía. Lo bendije, lo tapé con las sábanas.

Sé que lo que hice a continuación no estuvo correcto, pero tenía la necesidad de hacerlo. Fui directamente a su escritorio y vacíe todos los cajones. Encontré su diario, cartas al padre Alfonso, una copia de mis expedientes y un perfil (no muy halagador) que había escrito acerca de mí.

Me llevé todos los papeles de ahí y di parte a la arquidiócesis, cuyas autoridades enterraron al padre Daniel con una ceremonia tan humilde, que a él le hubiera parecido vomitiva. Sé que el padre Alfonso Borja fue a casa de Daniel, tal vez con la esperanza de encontrar la ubicación de Victoria.

Temo por lo que vaya a suceder.

No me apartes de tus oraciones,
JOAQUÍN MÁRQUEZ

Como si el mundo no tuviera el tamaño suficiente, lo han hecho más pequeño para nosotros; mucho menos que un planeta o un país, ahora sólo tenemos una ciudad para respirar lo poco que nos queda de aire. Después de su triunfo en Puebla, Porfirio Díaz ha venido a la ciudad de México para sitiarla y acabar con los últimos reductos franceses que quedan en este territorio americano.

No tengo que leer los periódicos para saber qué es lo que ocurre en Europa, la tensión política entre Francia y Prusia ha crecido en estos últimos meses y Napoleón III ha tenido que llamar a sus tropas de regreso a territorio europeo.

Mientras tanto, recibí una carta de Santiago pidiendo que lo viera hoy en la parroquia de San Sebastián a las cinco de la tarde. Cuando llegué al templo, él ya se encontraba ahí, solo, mirando al frente, como si en ese punto hubiera un crucifijo. Estuve espiándolo por un momento, lo vi toser de manera recurrente. Se veía nervioso. Me acerqué hasta él y lo saludé.

Yo: ¿Hoy me dirá qué es lo que quiere de mí?

Santiago asintió nervioso, torpe; sus ojos no me veían a la cara, sino que se abrían para mirar la madera que estaba junto a mí.

Santiago: Estoy enfermo, padre. El espíritu que protege a V... ya sabe quién, teme que yo haga algo terrible, por eso me tiene en la cuerda floja. Si llego a tramar algo que la dañe en algún sentido será mi fin, y tal vez el suyo, como el del cura que recibí hace unos días.

Mientras recitaba esas palabras, se oyó el crujir de los altares y los portones abiertos de la iglesia. Temí que se produjera otro movimiento de tierra.

Yo: Lo que quiero es salvar a Victoria, tengo miedo de lo que pueda hacer el padre Alfonso.

Santiago: Nunca entendí muy bien la misión de Victoria, recorriendo el país para cuestionar la fe de la gente. Que si no entendemos la cruz, el portal, la transfiguración de Cristo o su multiplicación de los panes y los peces. Siempre empieza con eso, y a veces le promete a la gente que cuando termine de hablarles de eso les revelará un terrible secreto.

Yo: ¿Qué secreto?

Santiago: No lo sé. La mayoría de las veces la gente se ofende por sus primeras palabras y la dejan hablando sola, o hacen como que no les importa y se van. En un par de ocasiones, cuando ha estado a punto de revelarnos lo que oculta su mente, nos hemos visto envueltos en fenómenos muy extraños, como el incendio de un edificio cercano, explosiones de cañones como si se estuviera librando una batalla o hasta movimientos bruscos de tierra. ¿Le digo algo? Luego del espanto repentino, nos damos cuenta de que no hubo fuego cercano ni batallas, y nadie más que nosotros percibimos el temblor.

Yo: ¿Y Victoria no le ha revelado nada?

Santiago: Solamente una vez expresó algo así como: "Mi padre dijo que la verdad ponía en riesgo mi vida, pero si callo podría poner en peligro a otras".

Yo: ¿A quiénes?

Santiago: ¿Usted cree que yo lo sé? Victoria ya no puede mantener este juego por mucho tiempo. Se le están acabando sus benefactores, y sus seguidores se están cansando de no saber lo que acontece.

Yo: Entonces, ¿está de acuerdo en que debemos salvarla?

Santiago: Debemos ser inteligentes; me interesa más la vida de mi hermano.

Me dijo que necesitaba mucho en qué pensar, que por favor lo volviera a ver mañana en el mismo lugar y a la misma hora. Yo asentí. Desorientado, se levantó y salió por los portones de la entrada.

Mi querido Joaquín:

Hace algunos meses llegué a la residencia imperial para discutir con nuestro emperador sobre algunos nombramientos que pensaba hacer, cuando escuché una conversación entre él y su esposa, la noble Carlota Amalia. La reproduzco a continuación para que entiendas un poco la situación de nuestro país.

—Un Habsburgo no huye —dijo ella.

—Pero renunciar a una empresa irrealizable no es huir. Todo el universo aprobará una decisión que evitará que corra mucha sangre.

Carlota soltó una sonrisa estridente.

—¡Sangre! ¡Más caerá por culpa vuestra, creedlo! ¡Caiga sobre la cabeza de vuestra majestad!

—¡Ah! —sollozó Carlota mientras se alejaba por los pasillos de mármol.

Fue la primera vez que entendí que las cosas no estaban bien con el imperio, y poco después me enteré de que Carlota había partido a Europa y llegó a París el 9 de agosto. Si los generales franceses pensaron que los mexicanos no se iban a enterar y no se burlarían, es porque no conocen el pueblo que intentan apaciguar a través de las armas.

No es casualidad que por toda la ciudad se empezara a escuchar una canción:

> *De la remota playa*
> *te mira con tristeza*
> *la estúpida nobleza*
> *del mocho y del traidor.*
> *En lo hondo de su pecho*
> *ya sienten su derrota.*
> *Adiós, mamá Carlota;*
> *adiós, mi tierno amor.*

Mientras que la pobre emperatriz busca desesperadamente entrevistarse con Napoleón III para pedirle que mantenga su parte del trato y no se lleve a las tropas francesas de México, pero ¿tú crees que la iba a recibir? Todos los que apoyamos a Maximiliano estamos condenados.

A mediados de septiembre, Carlota salió con su séquito hacia a Roma, pero el Santo Padre les negó la ayuda que necesitaban. Les recordó que Maximiliano había ratificado las Leyes de Reforma y por lo tanto la Iglesia católica no los apoyaría.

Según cuentan, y sólo me consta como rumores, Carlota volvió a ver al papa para pedirle que la protegiera de los "agentes de Napoleón" que la querían envenenar. Bien haría Leopoldo II en recoger a su hermana y llevarla al castillo de Miramar.

¿Qué será de todos nosotros si cae el imperio? El primero en alegrarse no será Benito Juárez, sino Alfonso Borja; estoy seguro. Esta casa de naipes ha perdido los cimientos.

Tú sí, reza por mí,
ANTONIO COTA

Nota de Antonio Cota: Aquí terminan los papeles del padre Joaquín; incluí los siguientes documentos para darle seguimiento a la historia.

Diario de Felipe Barrios, 11 de mayo de 1867

La noche estaba furiosa, vivía sus últimas horas y el viento no había dejado de tronar contra todo lo que encontraba a su paso, desde la tormenta que se había desatado en la ciudad de México, hasta los edificios de piedra construidos tantos siglos atrás. La comida escaseaba, las noticias del exterior también. Victoria me preguntó que si ya había noticias sobre el emperador Maximiliano y yo, cubriéndome con la sábana, le dije que apenas llegaban rumores, pero no eran buenos. Vi su escote, despertando la sangre que hervía entre mis piernas.

Desde que Porfirio Díaz sitió la ciudad, hemos intentado hacer que las monedas rindan, y hemos realizado todo tipo de sacrificios para que alcance la comida. Los precios suben, la demanda crece, nuestros benefactores no han podido ayudarnos como antes porque ni siquiera pueden ayudarse a sí mismos.

La encogida ciudad está hambrienta y se arrepiente de haber aceptado a un austriaco en el trono, pero por más cartas y peticiones que le hemos hecho llegar a nuestros captores, Díaz se mantiene firme: no liberará la ciudad hasta que se rinda por completo el ejército francés.

He intentado hablar con Santiago de esto, pero desde hace unos meses ha pasado mucho tiempo visitando la tumba de mamá, tal vez con la propia premonición de que nos uniremos a ella muy pronto; también ha ido a rezar a la parroquia de San Sebastián a ver si existe alguien invisible que escuche sus berrinches.

En cada esquina hay gente enferma, neblina constante, gris perpetuo, polvo húmedo. Ríos de mugre recorren las calles.

Desesperado, le pregunté a Victoria qué haríamos ahora. Ella dijo que lo había pensado mucho y lo consultó con sus mariposas negras (algo que yo nunca he entendido).

—Me indicaron que esperáramos un poco más, que todo saldría bien si manteníamos la fe. Lo cierto es que las desgracias son una ola más en el mar de la vida, que golpea furiosa contra nuestra playa, pero que después de la espuma, vuelve a retirarse al mar. Sin importar cuántas olas lleguen, la playa permanece ahí, cada vez más fuerte.

—Pero no podemos seguir así… —insistí.

Ella me miró a los ojos y sonrió; su desnudez me pareció divina con el reflejo momentáneo de los rayos iluminando su vientre.

—Tu poca fe es atractiva, aún más que tu cuerpo y tu juventud. Pasarán muchos años antes de que otros admiren esas cualidades en un hombre.

—Carajo, Victoria, tengo hambre.

—Estamos viviendo tiempos difíciles y por eso he tomado una decisión que a lo mejor no les va a parecer bien a mis amigos, y también lo digo por ti, pero es necesario. Es muy necesario…

Luego suspiró; su rostro cambió, su desnudez dejó de excitarme como hombre, y quise consolarla con un beso en la mejilla. Poco quedaba de la sangre que había llovido hacía tan sólo unos segundos.

Me pidió que hiciera un último esfuerzo en armar una cena para sus seguidores, ya solamente doce, y que entonces nos explicaría mejor todo. Era muy importante que estuvieran todos presentes; incluso mi hermano.

—Ahí te lo encargo, yo tengo muchas cosas que hacer.

Luego se cubrió con las sábanas y se me quedó viendo. Yo entendí, me vestí y salí a las primeras luces del día, telarañas de velos podridos.

Busqué a todos y a cada uno de mis compañeros y les dije que nos reuniéramos a las ocho de la noche en la casa abandonada que estábamos ocupando. Sólo me faltaba encontrar a mi hermano, ¿estaría rezando?

Ya no queda más dinero en el grupo, me he gastado lo poco que quedaba en la cena que Victoria quería hacer con nosotros. Otra vez la noche nos sumergió en sus aguas oscuras, el rayo amenazaba con la tormenta, y las velas castañeaban sobre la mesa podrida. La piedra crujía hacia dentro, y las sombras del pan gris cambiaban de forma y tamaño sobre la pared.

Estábamos sentados, susurrando sobre el destino de la patria y preguntándonos dónde estaría Victoria. El frío se metía entre nosotros, debajo de la ropa, y hechizaba nuestros huesos. Las ojeras nos distinguían, los pómulos hundidos y los ojos sin vida. Se nos había secado la piel y cuarteado los labios; se podían contar las articulaciones de cada dedo.

Un presentimiento funesto me quemaba la boca del estómago y se confundía con el hambre que me devoraba por dentro.

A lo lejos el campanario anunciaba la última misa del día, mientras que, por el umbral sin puertas, entraba la escuálida imagen de una mujer demacrada, vestida de polvo y peinada como hombre, siempre sin maquillaje, hermosa en su palidez natural; nunca le vi una joya, collar o anillo.

Me levanté por un segundo y todos hicieron lo mismo por educación. La invité a que se sentara a mi lado y le serví la sopa que había improvisado con las verduras, los chiles y la carne de puerco que compré en el mercado. Una vez que se hubo servido en la vajilla que encontramos abandonada en la casa, los presentes nos volvimos hacia Victoria, esperando a que empezara, pero no lo hizo.

Recargó los codos sobre la madera sin mantel.

—Amigos —su voz era ronca, melancólica y lejana—. Sé que los tiempos que estamos viviendo no son fáciles, así que he tomado la decisión de separarnos. Ésta será la última cena que compartiremos. Han sido años muy interesantes y agradezco el apoyo que me han brindado. También quiero pedirles perdón por no haber tenido el valor de contarles mi secreto. Fui cobarde, lo sé, y juro que mañana por la mañana, antes de que abandonemos la casa, se los haré saber. Entonces comprenderán que todos los recorridos que hemos hecho no han sido en vano.

Levantó el plato que tenía frente a ella, hacia todos.

—Sólo les pido que cuando ya no esté en sus vidas, me recuerden cuando coman y beban en compañía de sus seres más queridos.

Yo los quise mucho, espero que su cariño hacia mí supere las tormentas del tiempo.

Y enseguida bebió; nosotros hicimos lo mismo. La cena consistió en eso y, como ya dije, pan viejo, además de algunas tortillas que la misma Victoria partió y pidió compartiéramos entre todos. No fue una comida suntuosa, tampoco un sabor especial, pero al menos era la última vez que estaríamos todos juntos.

Estábamos por terminar de cenar, cuando giró hacia a mí y percibí una lágrima plateada en su mejilla. Le pregunté que si estaba todo bien y no hubo una reacción de su parte, simplemente parpadeó en su tristeza.

—Felipe, cuando dije que todos debíamos separarnos y regresar a nuestras vidas como si nada hubiera pasado, lo decía también por nosotros. Lo que tuvimos fue lindo, te hice sentir como hombre y creo que es mejor que regreses a la panadería de tu padre.

—Pero te amo…

La mesa quedó en silencio, todas las miradas se posaban sobre nosotros.

—Por favor, Felipe, yo sé lo que te digo. Confía en mí, intenta escapar de la ciudad o espera a que se levante el sitio; vuelve a Puebla y construye una vida.

Sentí la mano de Santiago sobre mi hombro.

—Hazle caso a Victoria, lo dice por tu bien.

Pero yo lo aparté, enojado. ¿Qué iba a saber él? Yo estaba más preocupado de que Victoria se fuera. La vi cabizbaja, aún más triste que yo, y por eso me apiadé de ella; pero no la iba a dejar ir. No. Victoria era mía, mía y sólo mía. Una nube más en mi tormenta. Sentí de nuevo la mano de Santiago en mi hombro, esta vez la quité con fuerza.

—¿Por qué no te largas? Esto es entre Victoria y yo.

Y en el silencio incómodo de los presentes, lo vi levantarse, herido, y salir al frío y la lluvia. Victoria hizo a un lado su plato, y se limpió las lágrimas con el dorso de su mano. No me atreví a hacerlo yo.

El dolor en el pecho era demasiado; me sentí perdido, sin futuro. ¿Qué haría sin ella? Era la única persona que me hacía sentir vivo. ¡Ni siquiera Santiago!

—No lo hagas más difícil —dijo Victoria, y se levantó. Exclamó al aire que tenía que pensar muchas cosas; si quería acompañarla, podía cuidarla desde lejos.

Salimos al jardín y nos resguardamos en un techo cercano de la casa, con una vela salpicada de lluvia. Así, mientras escribo en mi diario, veo la imagen de Virginia, empapada, junto a un árbol seco, con las manos a la altura del pecho y el rostro levantado hacia la tormenta... era una con el abismo, le temblaban los labios, había entrado en éxtasis.

Ya la convenceré de que vuelva a mi lado. ¡Tengo que hacerlo!

Apenas puedo recuperar el aliento después de lo que acabo de experimentar. ¡Carajo! ¿Cómo no me di cuenta de lo que estaba pasando? Soy un tonto, un estúpido, por culpa mía se ha ido el amor de mi vida como el tiempo que se me escapa. ¿Qué voy a hacer?

Estábamos dormidos y de repente escuchamos pisadas en el viento. Me desperté sobresaltado intentando entender qué pasaba. Me tomó tiempo acostumbrarme a la oscuridad, y además de la cortina de lluvia me vi rodeado de sacerdotes que no conocía; entre ellos mi propio hermano.

Santiago se mostraba serio, nervioso. Caminó entre los curas y llegó hasta Victoria, quien lo vio venir con una resignación que no era propia de ella. Luego, él la tomó por las caderas y la besó largamente en los labios.

—¿Cómo es que besándome eres capaz de traicionarme, como traicionas a tu hermano y a tu propia naturaleza?

Lo que sucedió a continuación fue un completo caos: todos nos abalanzamos sobre los curas, tratando de defenderla; un rayo golpeó la punta del árbol seco y, a pesar de la lluvia, éste iluminó la noche con su destello rojizo.

Yo mismo salí a los golpes. ¡Nadie me iba a quitar a Victoria! Mucho menos mi hermano. Quería partirle la cara, romperle los huesos. No sé de dónde saqué fuerzas para dejar inconsciente a uno de nuestros enemigos; lo despojé de un cuchillo y entonces escuché la voz de Victoria retumbado.

—¡Alto!

Estaba en medio de la lucha y parecía ser la única persona sin golpes. Sus lágrimas se confundían con la lluvia, la desnudez de su cuerpo se adivinaba bajo la tela, la forma de sus pechos era inconfundible.

—No quiero que se derrame sangre por mí, que lo malo de otros no saque lo peor de ustedes.

¿Cómo podía pedirme eso? Para mí el amor es capaz de cualquier crimen o vicio. Yo quería que me pidiera su rescate, estaba dispuesto a convertirme en un caballero para salvarla de su dragón. ¡Demonios! ¡Ella era mi mundo! Y ella me pide que baje el cuchillo y la deje ir con sus captores. ¿Cuándo la volvería a ver?

No quise soltar el puñal hasta que uno de los curas, viejo, chupado y deshecho, me miró a los ojos. Un golpe le inflamaba las quijadas.

—Soy Joaquín Márquez… sí, soy sacerdote… ¡Escúcheme antes de atacar! Ni tú ni tus amigos lo saben, tampoco Victoria, pero hay un religioso que se llama Alfonso de Borja y está buscando a esta mujer para hacerle daño. Permítame esconderla, estará a salvo conmigo.

Los ojos de Victoria se abrieron, confundidos.

Joaquín Márquez giró hacia ella.

—¿Me permitiría protegerla?

Yo negué con la cabeza, estaba desesperado, le pedí que no lo hiciera, pues estaría mejor conmigo, yo la salvaría, lejos de México… En Texas o California. Victoria debió adivinar mis sentimientos, porque me sonrió con lástima.

—Ni siquiera lo intentes, Felipe. Déjalo mejor así. Sé muy bien quién es el cura del que ellos hablan, y también sé que en su interior se alberga el mayor mal que yo haya conocido en vida. Si estos hombres quieren protegerme, yo confío en ellos.

Poco a poco las cosas se fueron calmando, mis amigos dejaron a un lado las armas y los puños, y permitieron que pasara la comitiva.

Iban escoltando a Victoria fuera de la casa, y decidí seguirlos. Fui el único, y salimos a la calle, que ya se había convertido en un río que empapó mis pantalones y dejó inservibles mis zapatos. Al dar la vuelta, nos encontramos con otra comitiva de sacerdotes; al frente viajaba un sacerdote con cicatrices profundas en el rostro y una cruz barroca al cuello.

—Vaya, padre Márquez, hasta que al fin hace lo que se le ordenó —dijo el padre Alfonso Borja—. Tuve que espiarlo para encontrar a Victoria, porque usted se negó a darme su dirección.

Vi a Victoria tratar de escapar, pero la tenían bien sujeta de los brazos; al mentado Joaquín Márquez también lo sostuvieron con fuerza, casi como si lo estuvieran arrestando.

Yo también quise luchar, pero sentí un golpe detrás de la nuca y no volví a saber nada.

Desperté poco tiempo después, y Juan me ayudó a levantarme. Le conté lo que había sucedido y me dijo que lo mejor sería que descansara un poco. Por más que me negué, me regresó a la casa para que me recostara, pero preferí usar el tiempo para escribir en mi diario todo lo que había ocurrido.

No hemos podido encontrarla, tampoco a mi hermano. Han desaparecido de la faz de la Tierra. El viento sopla igual que siempre, llevando basura en la neblina, mientras el frío hace presa de todos nosotros. La ciudad de México continúa sitiada y el imperio mexicano se desmorona.

El mundo se cierra sobre mí.

¡Amada mía! ¿Dónde estás?

Los sacerdotes que acompañaban al padre Alfonso me llevaron a casa a la fuerza y me exigieron que les entregara todos los papeles alusivos a la investigación sobre la vida de Victoria. Por supuesto me negué, pero eso no los detuvo; entraron en mi habitación y hurgaron en el escritorio. Recorrieron cada rincón de la vivienda, buscaron entre libros y sustrajeron toda documentación que tuviera el nombre de Victoria o del padre Alfonso.

Pensé en salvaguardar el trabajo, pero recordé que mi amigo Antonio Cota tiene copia de todos los documentos que lo componen y por eso me sentí un poco mejor. Mis agresores indagaron en mi valiosa información volteando de cabeza toda la casa, hasta que finalmente hallaron los nombres que buscaban. Una vez consumado su cometido, sentí un golpe en la cabeza y todo se tornó oscuro.

Desperté dos días después, el 13 de este mes, para ser exactos, en un hospital de Puebla, atendido por unas monjas del convento de la Santísima Trinidad, quienes me cuidaron y procuraron que me sintiera mejor. Poco después de abrir los ojos, llegó a mi mente el recuerdo del arresto y solicité pluma y papel para escribirle una carta a Antonio Cota, que las monjas prometieron entregar a través de un conducto seguro. La verdad es que mientras la ciudad de México permanezca sitiada y el emperador siga en fuga, el destino de la patria continuará incierto.

Agradezco muchísimo la ayuda de las monjas, sé que muchos conventos tuvieron que cerrar desde que empezó a aplicarse la Constitución de 1857; exclaustraron a las religiosas y algunas tuvieron que vender sus iglesias y edificios. Sé que cuidarme fue difícil para ellas, pero agradezco su caridad cristiana.

Ayer por la mañana, una de ellas me pidió que la acompañara. No entendía cuál era mi deseo de volver a la capital, y yo no podía decirle que quería salvar a una joven llamada Victoria. De cualquier modo decidió ayudarme y juntos emprendimos un viaje hasta la ciudad de México. Avanzamos entre las tropas que rodeaban la urbe.

Sor Ana buscó entre los soldados a uno que conocía. Platicaron en secreto y luego ella regresó hacia mí.

—Mañana por la tarde lo dejarán entrar; les dije que tenía que darle los santos óleos a una hermana suya. Mañana me iré a confesar por la mentira, aunque no creo que Dios Nuestro Señor me lo recrimine en el juicio final.

Le agradecí con una sonrisa, y la vi partir.

El soldado cumplió con su palabra: cuando la noche empezó a inundar los campos, y el frío soplar en la piel, regresé a la ciudad de México y corrí a mi casa. La puerta seguía abierta, todo era un caos, había papeles por todos lados. Faltaban los documentos de mi investigación: entrevistas, cartas, recortes de periódico. Esperé por un momento que Antonio Cota hubiera venido a buscarlos, o que tal vez ya se hubiera enterado del arresto de Victoria.

Pero luego consideré una posibilidad mucho peor: ¿y si el padre Alfonso Borja ya los destruyó?

La hija del diablo

Pues yo sé que muchas son vuestras transgresiones
y graves vuestros pecados:
oprimís al justo, aceptáis soborno
y rechazáis a los pobres en la puerta.

Amós, 5, 12.

Diario del padre Joaquín Márquez, 15 de junio de 1867

A pesar de todos mis intentos por salvarla, está muerta.

El mundo colapsó sobre ella, arrebatando cada color que quedaba sobre esta tierra; vilmente se encargaron de romper su carne y quebrar sus huesos, escupieron en su memoria y sus palabras. El rostro que alguna vez fue hermoso, se hinchó de desprecio y podredumbre. Su piel es el alimento de los gusanos.

Mierda somos, y a la mierda volvemos; ésa es la naturaleza humana.

No tengo fuerzas para describir el horror de las últimas horas ni para expresar el asco que siento por todos los de mi raza. Cuando sostuve el cuerpo desnudo de Victoria en mis brazos me sentí sucio, torpe, impotente, poco hombre. Juzgamos desde la tierra lo que sólo al cielo concierne, forjamos una regla muy dura con la que Dios nos habrá de medir el día que estemos frente a Él y, al menos yo, sé que estaré condenado al fuego eterno hasta que el mundo termine y cada reloj cese de avanzar.

Aquel que se sienta digno del mundo debe aprender lo que es ser despreciado por él; porque ni siquiera el espíritu de Jesucristo fue aceptado cuando habló desde la carne.

Pero hoy el aroma de la noche es diferente, casi metálico, no hay más luz que la memoria que nos guía por la oscuridad para no tropezarnos con las bancas y los cuadros que hemos recargado en la pared. Los santos se han apagado en los vitrales cuarteados, el piso está lleno de astillas, y a veces se escucha cómo toda la estructura del edificio cruje; sé que podría caerse en cualquier momento. Nunca había sentido tan cerca los muros, ni tan bajos los techos. El mundo es más pequeño que nunca, se ha empeñado en arrebatarme el aire con cada suspiro, y sé que mis días están contados.

El cuerpo de Victoria descansa sobre la mesa del altar, apenas se percibe el bulto gris cubierto por un mantel blanco que se ha empapado de su sangre. A sus pies, Felipe está sentado con la mirada perdida en la nada, con las mejillas húmedas en sangre y las manos en un temblor furioso que no ha sabido controlar. Nadie se ha atrevido a dirigirle la palabra, pero el padre Alfonso Borja no pierde la oportunidad de repetirme:

—Tendremos que matarlo también antes de salir de aquí. Decídase, hágalo usted y agrade a Dios.

¿Y cómo vamos a salir de este templo que se vuelve cada vez más chico? Llevamos más de veinticuatro horas aquí encerrados; pronto no quedará más del vino que hemos racionado ni de las hostias que mordemos a escondidas para matar el hambre. Alguno de mis compañeros ha sugerido masticar las hojas grises de los misales, pero ¿quién se atreverá a tragar tinta negra?

Es verdad que Victoria era hija de otro mundo, y ahora que la hemos arrebatado de éste nos hemos condenado a la peor de las muertes. A la oscuridad y al silencio, al eco de nuestra existencia, en las capillas, las lágrimas pintadas de una virgen dolorosa a la que se le ha roto el cuerpo... No queda más que el portento de san Sebastián, desnudo, de hombros anchos y músculos duros, atravesados por flechas de carbón; la ilusión de la belleza, la fragilidad de la muerte, la sexualidad latente.

Otra vez vuelvo a escuchar golpes suaves en los portones de la iglesia, en los vitrales del templo, en la parte superior de las cúpulas, y con el tiempo van creciendo y creciendo, hasta que es imposible pensar y nos tapamos los oídos para esperar a que pase. El padre Alfonso Borja juega con su cruz de plata al cuello mientras exclama orgulloso: "Que vuestros sentidos no los engañen, son los enemigos de Cristo que desean arrebatar la razón a sus ministros por haber realizado un buen trabajo. El espíritu del maligno nunca vencerá la carne que Dios ha hecho. Él nos dará el triunfo".

Y mientras el bulto permanece inerte, no sé si creerle. De momento me llega a la memoria la voz del padre Rafael Jácome, quien minutos después de la muerte de Victoria, se enorgulleció abiertamente de su pecado. Luego, abandonó el edificio mientras se escuchaban los primeros golpes en las puertas y ventanas. Yo mismo lo vi salir hacia la niebla y verse consumido por ella, antes de que un grito enmarañara el silencio, y luego otro y otro más... por espacio de una hora lo oímos pedir que lo mataran para no sufrir más, hasta que su voz quedó ahogada por lo desconocido.

Ahí fue cuando acordamos que nos encerraríamos hasta que supiéramos cómo escapar con vida. Cerramos puertas y ventanas e hicimos de las bancas barricadas, pero ni los rezos ni el agua bendita han servido de algo.

Luego el padre Alfonso Borja dijo: "Mientras estemos aquí dentro, en tierra santa con las puertas cerradas, los enemigos de la Iglesia no podrán hacernos daño".

Sí, y alguna pareció ser una solución inteligente, hasta que nos percatamos del silencio y empezamos a preguntarnos cuántas horas habían pasado sin que nadie se acercara al templo: dos, tres, cuarto. La luz había llegado y luego nos había abandonado en el crepúsculo, el sol cayó al abismo innegable de la noche.

Lo que sea que golpea las ventanas nos ha aislado del mundo. No hay quién nos traiga agua o alimento.

Veo a Felipe levantarse, frágil; aprieta los labios tratando de no llorar, pero lo delatan sus lágrimas. Se deja caer y en su pantalón se engancha la tela que cubre el cadáver de Victoria, ahora descubierto al mundo en toda su desnudez.

Está destrozado, no hay hueso en sus manos que no esté fracturado ni costilla que permanezca sin quebrar, su piel gris aún luce los golpes y moretones.

Hace un segundo Felipe intentó levantarse; sus labios temblaron. El único tono que hay en él está en sus ojos enrojecidos por la tristeza. Se acercó a uno de los curas y empezó a golpear su pecho en el desgano de la depresión.

—Dijeron que la protegerían, y yo confié en ustedes. Ya no me queda nada en el mundo.

Se volvió a desmoronar y no pude evitar las lágrimas. Un aliento podrido me llegó desde atrás.

—Acabe con los testigos; si habla en contra de la Iglesia católica, usted será el primero en caer. ¿Dejará que su vocación se vaya al carajo por un pecador? —dijo el padre Alfonso.

Pechos sin forma, negros, manchados por la lujuria de otros.

—Usted no tiene madre —le respondí.

—¿Qué es una vida cuando se han tomado otras? Al primero que señalarán si sale vivo de aquí será a usted.

Lágrimas sin voz, corazones de ceniza, recuerdos, silencio.

—Lárguese —insistí.

—Será como hacerle un favor, reunirá a los dos tórtolos en el infierno, donde podrán consumar su amor condenado en las llamas de Satanás. Una vez que hayamos salido de aquí, diremos que todo lo que se hable en nuestra contra es un ataque hacia nuestra fe.

Giré para verlo, apenas si sonreía con desprecio. No tuve que responderle para que él entendiera mi rechazo y se fuera a otra esquina a hablar con un sacerdote, mientras me veía de reojo y me señalaba.

Hay algo extraño en las aguas del tiempo, no fluyen como antes, me hacen sentir nervioso, frío en el estómago, y escalofrío saltando con lentitud en cada una de mis vértebras. Estamos rodeados de sombras que, en plena noche, conforman el todo de la vida. Un momento eterno de silencio donde se perciben pisadas y, tras otro movimiento brusco, caen vírgenes y santos, pero permanece erguido el san Sebastián que da nombre a este templo.

Estamos desesperados, no sabemos cuánto aguante nuestro espíritu y nuestra fe; el hambre es cada vez mayor, igual que la sed y el sueño. Mientras se nos ocurren ideas extrañas de cómo escapar de aquí, pasa el tiempo… y pasa y pasa… Nos preguntamos si no debería ser ya de día. Alguien sugirió que el mundo había llegado a su fin y que éramos el último bastión del pecado, de tal modo que sólo era cuestión de tiempo para que los ángeles de la muerte, la enfermedad, la peste y la destrucción entraran en el templo. El padre Alfonso le dijo que no repitiera esas tonterías, que solamente estaba delirando por el hambre.

Ahora el mismo hombre se levanta, tiene la mirada perdida en la confusión. Camina hasta el cadáver expuesto de Victoria, posa su mano en el abdomen, apenas inflamado.

—… no hemos tomado una vida… fueron dos… ¡Fueron dos! —su voz sube, repite incansable la última frase.

Otros sacerdotes lo voltean a ver, pero lo ignoran; tal vez lo tomen como un loco.

¡No! El hombre es un idiota. Corre hacia una de las puertas e intenta abrirla; quiere comer, quiere salir y respirar la noche. ¡Deténganlo! ¡Que no se atreva a abrir las puertas!

Un crujido de la madera es suficiente para que un gemido de espanto salga de nosotros.

Los espíritus entran en el templo a cobrar su venganza…

Que Dios me ampare.

Querida mía:

El viento que se mueve por este cementerio es solamente un aire material que lleva la basura de un lado al otro, y levanta las hojas muertas para depositarlas sobre las memorias de otros; ojalá yo pudiera sentir lo mismo dentro de mí. La pena que ahora me embarga ha sido una carga muy difícil de llevar, porque cuando los sueños se confunden con los recuerdos, ya no hay nada más que hacer sino dejarse enfermar por la melancolía cotidiana.

En estos días de dolor he aprendido que no hay enemigo más grande para el amor que el propio miedo. Si tan sólo me hubiera atrevido a decirte todo lo que albergaba dentro de mi corazón, tal vez hubiera encontrado la forma de no lastimarte y dejarte a mi lado. Es verdad, las fantasías propias sobre el futuro suelen no convertirse en realidad, pero cuando por miedo no hacemos el intento, llega la pérdida y el abandono de la persona que queremos. Así me siento hoy al ver la piedra que no lleva tu nombre, pero que me han dicho es tu lugar de reposo final.

Yo te lo conté en varias ocasiones, en que la noche era nuestro único refugio, y las sábanas húmedas eran cómplices de nuestros pecados y deseos: siempre me ha seguido la muerte, desde que mi madre nos dejó cuando éramos apenas unos niños, luego siguió papá. Ahora sólo espero lo peor de mi hermano, que ha escapado a Estados Unidos con Tomás, y temo que haya muerto en el camino.

Ah, pero tú eras diferente. Siempre albergué la esperanza de que contigo habría un futuro diferente, lleno de vida. Y cuando te vi desnuda, con el vientre inflamado, supe que nuestro amor se había combinado para que naciera la vida. Si tan sólo hubiera tenido una forma de salvarte, o hubiera sido más inteligente para entender la trama que se desarrollaba a mi alrededor, tal vez este desenlace hubiera sido diferente. Sin embargo, todos callaron tu secreto: mi hermano, tus labios y los sacerdotes.

Hoy me encuentro solo, destinado a volver a una panadería que siempre odié. A ver estos años de alegría como una espina más de mi corona, y tus labios como los de una virgen rota, estáticos para siempre, perennes hasta el día del juicio final, un momento que algún día me preguntaré si fue real cuando, en el lecho de muerte, me arrepienta de la soledad que invadió mis noches.

Cuando muera, me gustaría ver a Dios a la cara y preguntarle por qué quiso llenar mi vida con tanta infelicidad, y tal vez le reclame, como criatura a su creador, por toda la miseria que me ha hecho vivir. Porque tú, querida mía, tenías todo el derecho a ser feliz y a disfrutar este mundo sin colores, y bailar entre la niebla de lo desconocido; y no a que rompieran tu sonrisa con el desprecio de un mundo que un día no cabrá en sí mismo de lo pequeño que se ha vuelto.

Me gustaría poder estirar los brazos sin encontrarme con la culpa de mi pasado, levantarme sin toparme con los recuerdos de tu sangre, pero entendí hace mucho que nunca seré libre de tu amor, y que mi lengua solamente podrá decir tu nombre.

Hasta siempre, querida mía, por un momento me hiciste el hombre más feliz del mundo, y al siguiente el más desdichado. Sólo tú tienes ese poder, y es porque yo así te lo he dado.

Descansa en paz, por los que no podemos hacerlo.

Antonio:

No sé si leerás esta carta, si su tinta sea capaz de romper el cerco que en este momento vivimos en la ciudad de México, gracias al mismísimo Porfirio Díaz. ¡Ah, cómo nos ha dado problemas ese oaxaqueño! ¿Recuerdas que alguna vez te comenté que no me daba buena espina y que a la larga podría ser más peligroso que Juárez? Algo tienen los indígenas que los hace más tercos que la mayoría, y cuando se han unido a la masonería, esta combinación se vuelve muy peligrosa.

De cualquier forma me gustaría escribirte unas líneas, que si no es ahora, las leerás más tarde.

Los sacerdotes de la arquidiócesis han estado más ausentes que de costumbre, y no me han escrito para pedirme un reporte de lo que ha pasado en mi investigación acerca de "la hija del diablo". Tal vez piensen que todo ha terminado porque ya está bajo arresto, pero yo creo que no es así.

Si te soy honesto, tampoco les he dicho que tengo en mi poder el documento interesantísimo que me enviaste y que podría dar un vuelco a la investigación; me refiero a las cuartillas escritas por el padre Alfonso.

Sé que vigilan a Victoria día y noche a puerta cerrada, pero creo que tengo un plan para sacarla de ahí y llevármela lejos de la ciudad de México. Claro, si tan sólo fuera fácil romper el cerco militar de Díaz. ¡Ah, cómo desespera ese hombre! Siempre que pasa algo importante en el país tiene que ser el ajonjolí de todos los moles.

Si tan sólo pudieras entrar en la ciudad de México y buscarme, creo que juntos podríamos hacer algo. Dime que lo harás. Cuando estés conmigo te lo contaré todo, si no contactaré otros curas que puedan ayudarme. Espero que cuando les enseñe lo que escribió el padre Alfonso, estén de mi lado.

Mientras eso sucede, déjame contarte algo muy extraño que ha estado pasando aquí. Una vez más, sé que es algo rarísimo y tal vez sea muy difícil de creer, pero te lo cuento tal como me lo contaron a mí.

¿Te acuerdas de la viuda de don Juan Miguel Zunzunegui? Dicen que la otra noche el aire se llenó de humo y el manto nocturno se entintó con la tragedia, porque de un momento a otro toda su casa fue presa de las llamas, no hubo habitación que no estuviera cubierta de fuego. Algún vecino tomó el valor de romper la puerta de madera y entrar a salvarla. Con el paso del tiempo, los presentes pasaron del horror al asombro, porque las llamas no consumían la madera ni las pinturas. ¡Tampoco los cimientos! Sí, era un caso rarísimo, porque luego se fue apagando hasta que todo quedó como antes. Bueno, a la mañana siguiente encontraron en una pared el nombre de Victoria quemado en el cemento.

También le sucedió algo muy extraño a don Alejandro Rosas, y fue él mismo quien me lo contó ayer después de haberlo confesado.

La otra noche se levantó a mitad de la madrugada con el rostro empapado en sudor y fuertes escalofríos en toda la espalda. No sabía qué hora era, pero la niebla plateada se movía por la ciudad como la muerte que se arrastra en un cementerio. Estaba nervioso, asustado; caminó por su casa tratando de recordar lo que había soñado, cuando le llegó un aroma que conocía muy bien: era el perfume que su esposa había usado en vida. Luego sintió un aliento suave que subía por su cuello y le llegaba hasta el oído.

"Ve a la parroquia de San Sebastián y libera a Victoria", una y otra vez escuchó la voz de su amada muerta.

Luego don Alejandro me preguntó qué significaba lo que había oído y tuve que mentirle para evitar que fuera a husmear al templo y no pensara que yo era un loco. Le dije que seguramente estaba soñando y que lo mejor sería que se olvidara de todo.

Creo que lo último extraño que oí fue del padre Leopoldo Mendívil, a quien encontré en la plaza y me contó que el otro día oficiaba la misa de mediodía de domingo cuando el horror se apoderó de los feligreses, pues las efigies de piedra y plata empezaron a llorar gotas gruesas de sangre espesa: vírgenes, santos, mártires y cristos; también ángeles y querubines. Todos se persignaron creyendo que se trataba de un milagro, pero así como vino la sangre, se fue, desapareció como humo y sólo dejó un aroma profundo a incienso.

Como esos tres ejemplos, podría contarte muchos más. La actividad sobrenatural ha aumentado en toda la ciudad. ¿Qué te puedo decir? Sé que Victoria tiene que ver algo en ello, estoy completamente seguro.

¿Sabes? Tengo miedo, he empezado a ver las mariposas negras, invaden mis sueños, y temo que mi vida corra peligro.

Reza por mi alma,
Joaquín Márquez

Joaquín:

De haber sabido que, mientras el padre Alfonso Borja arrestaba a Victoria, yo estaría negociando un salvoconducto para salir de la ciudad, me hubiera quedado a tu lado.

El destino es un caracol de corteza dura y remolinos rotos. No sé si alguna vez pueda el hombre desentrañar los planes de Dios, o al menos entender el porqué de sus tragedias. Cuando le ofrecimos la Corona a Fernando Maximiliano, jamás esperé que pudiera ver su caída. Se veía como un plan tan sólido, que aquel día sentí un rayo de esperanza dentro de mí. *Ahora sí regresará el poder a la Iglesia mexicana*, me dije.

Un sueño de cristal que se hizo añicos contra la dura realidad en cuanto supe que el imperio se había quedado sin soldados europeos y nuestro emperador había tenido que huir de la capital.

Cuando partí de la ciudad de México, disfrazado para que no me reconocieran como colaborador de Maximiliano, y habiendo sobornado a uno de los soldados de Porfirio Díaz, no supe a dónde quería ir. Puebla estaba tomada por los liberales y el emperador tuvo que desviarse para refugiarse en Querétaro y reunirse con sus generales.

Después de haber salido de la ciudad, y aún sin saber mi destino, un hombre me paró en el camino y pidió ayuda. Dijo que había un soldado malherido en un campo cercano y que necesitaba un doctor. No podía ayudarlo pero fui con él porque era mi deber cristiano.

El enfermo resultó ser parte del ejército de Mariano Escobedo, un militar al que he detestado por años, pero gracias a mi acto de caridad me invitó a acompañarlos al sitio que llevaban varios días realizando en Querétaro, para arrestar al emperador. Accedí para que no sospecharan que había sido amigo del imperio. Si no me reconocieron por mi disfraz, sería mejor así.

El 14 de mayo, cuando empezaba a caer la noche, un ayudante del coronel Julio Cervantes le comunicó a Mariano Escobedo una orden de su jefe: que fuera a la plaza que se encontraba en el puesto republicano porque alguien le entregaría un mensaje. El general

Escobedo se dirigió deprisa hacia donde le indicaron y yo lo seguí sigiloso; fui una sombra en su noche; invisible.

En esa plaza el coronel Cervantes le presentó al también coronel Miguel López, jefe del regimiento de la emperatriz, y éste le dijo había salido del lugar con una comisión secreta que debía llevar a cabo si Mariano Escobedo se lo permitía.

Al principio creí que el mentado López era uno de tantos desertores que abandonaban Querétaro para salvar su vida, y que su misión secreta no era más que una trampa para hacer más interesantes las noticias acerca de los sitiados imperiales. Sospecho que Mariano Escobedo también lo creyó, pero aceptó hablar con Miguel López, lejos de Cervantes.

Entonces López le comunicó que el emperador quería evitar que se derramara sangre mexicana por su causa, que pretendía abandonar la plaza, y pedía únicamente que se le permitiera salir con las personas de su servicio y custodiado por un escuadrón del regimiento de la emperatriz hasta Tuxpan o Veracruz; una vez que se fuera del país prometía no volver jamás.

Mariano Escobedo escuchó todo con suma atención y permaneció en silencio varios minutos. Luego le respondió que pusiera en conocimiento del archiduque que las órdenes que tenía del Supremo Gobierno Mexicano eran terminantes para no aceptar otro arreglo que no fuera la rendición de la plaza sin condiciones.

El comisionado del archiduque dijo al general Escobedo que el emperador (si aún puede llamársele así) le había dado instrucciones para dejar concluido el asunto que se le había encomendado. Maximiliano ya no podía ni quería continuar la defensa de la plaza. Ya estaban formadas las columnas que debían forzar la línea de sitio; de cualquier modo. Según López, a las tres de la mañana se dispondría que las fuerzas que defendían el panteón de la Cruz se reconcentraran en el convento del mismo; que don Mariano Escobedo hiciera un esfuerzo para apoderarse de ese punto, en donde se le entregarían prisioneros sin condición.

Finalmente, el visitante se retiró para llevar la noticia al archiduque, de que a las tres de la mañana se ocuparía la Cruz, hubiera o no resistencia. Nunca supe si la orden de replegarse al convento era del mismo Maximiliano, o se trataba de López haciendo el papel de Judas en Jueves Santo.

Mariano Escobedo regresó al campamento y escribió todo lo acontecido; luego envió la carta a Porfirio Díaz, quien según me dicen es el presidente de México en estos momentos.

Bueno, pues todo sucedió como la conversación predijo, y la noche fue el escenario perfecto para que iniciara la toma de Querétaro. Sorprendidos en la Cruz y el cementerio, las fuerzas republicanas intentaron adueñarse de todo el edificio, y lo lograron fácilmente. ¿Cómo iba a ser de otra manera? Fueron guiados por don Miguel López y protegidos por la oscuridad de la noche.

El coronel republicano don José Rincón Gallardo ocupó con su tropa las alturas del convento, las escaleras, los patios y todas las salidas, desarmando a la gendarmería, así como a la compañía de ingenieros, al batallón del emperador y a los voluntarios, antes de que despertasen por completo.

Maximiliano fue a refugiarse al cerro de las Campanas, pero en la batalla cambió su táctica. Acompañado por sus generales y oficiales, empezó a descender del cerro para dirigirse a donde se hallaba el general Ramón Corona.

Un oficial francés preguntó al emperador que si era Maximiliano. Éste le respondió: "Yo soy". El militar, descubriéndose la cabeza, se burló: "Austria, yo te saludo".

No pasó mucho tiempo antes de que la comitiva imperial fuera arrestada. Y minutos después tuve oportunidad de verlos; Maximiliano lucía acabado, gris, deshecho, con la mirada cuarteada. Cuando el prisionero se disponía a tomar la palabra, llegó a caballo un ayudante del general en jefe don Mariano Escobedo, con la orden de que se condujera a los prisioneros al cuartel general.

Maximiliano, al ser presentado ante Escobedo, se desciñó la espada. Escobedo tomó su espada y la entregó al jefe de su Estado mayor. Enseguida dictó algunas disposiciones y una parte de su escolta partió a poco llevándose a los presos.

La pieza destinada a la reclusión de Maximiliano era la misma que había ocupado durante el sitio de Querétaro, pero sin sus comodidades; sólo un catre y un escritorio.

El prisionero quedó solo, entregado a sus pensamientos. En el corredor, frente al cuarto que ocupaba, se colocó una guardia, con un centinela delante de la puerta y otros más en una azotea situada enfrente de la entrada en el otro extremo.

Espero que me dejen entrar en el teatro donde será enjuiciado. Tengo mucho interés en conocer su destino.

Tu amigo,
ANTONIO COTA

Mi querido Joaquín:

Hoy he sido testigo de la muerte de un sueño. Recuerdo hace unos meses cuando creíamos que la mejor forma de defender los intereses de la Iglesia católica encarnaría en un príncipe europeo. Pensamos que sería fácil deshacernos del fantasma de Juárez, de la Constitución de 1857 y sus Leyes de Reforma, para volver al pasado. Ahora comprendo que la naturaleza de la vida es ir siempre hacia delante y no hay forma humana de cambiarlo.

Por un azar de la vida, o un acto de providencia de Nuestro Señor, pude presenciar dicho fin hace unos días.

El sol gris se había alzado con todo su porte detrás de los nubarrones; sus rayos se habían extendido a lo largo del firmamento hasta herirlo y ensangrentarlo. Los gorriones entonaron los cantos de sus antepasados, en un funesto presagio.

Era un día de junio como cualquier otro, el mundo entero enmudecía. Maximiliano soltó un eterno suspiro que no logro comprender.

Acompañé al capellán que estaba por confesarlo y Maximiliano me reconoció, lo supe por cómo me miraba, pero se mantuvo callado sobre mi origen. Luego giró hacia el cura.

—Dígame, padre, ¿qué soy? —preguntó el emperador derrotado, y el sacerdote se alzó de hombros—. Porque cuando estuve en el castillo de Miramar me sentí austriaco, en Chapultepec fui mexicano, pero ahora estoy prisionero y tengo a ambos pueblos en contra. ¿Todavía soy austriaco? ¿Mexicano?

Todo había concluido: conforme al tenor de la ley, Maximiliano y sus cómplices deberían ser ejecutados al acabar la tarde del día 16, pero se le suplicó al gobierno que les dejase algunas horas más para dictar sus últimas disposiciones. Accediéndose a esto, la ejecución se dilató para la mañana del miércoles 19 de junio.

El pueblo quería sangre y el indio zapoteco les daría su espectáculo; su pan y circo. Nunca me ha caído bien Juárez.

En mi opinión, esto habría terminado diferente si el emperador no hubiera escuchado a los militares que lo rodeaban. Por culpa de ellos él estaba preso, contando los latidos en su pecho hasta que llegara el último.

—Por favor, no me mienta más. Véame a los ojos y dígame qué soy —insistió Maximiliano, pero por más que repetía la pregunta, todos callaban; hasta Miramón y Mejía.

¿Y qué importaba ya su pregunta? Era un hombre condenado. Desde las tres de la mañana había estado con Miguel Miramón y Tomás Mejía escuchando la misa, pero estoy seguro de que Maximiliano no pensaba en Dios. Ya se lo encontraría después; más bien era su amada emperatriz la que llenaba sus recuerdos.

No sé de quién sería la idea, pero para torturarlo más le dijimos que Carlota había fallecido en Europa. ¿Por qué? Por derrotarlo de todas las formas posibles y que no quedara más color en su alma, sus recuerdos y sus esperanzas. Yo lo veo de otro modo: la muerte será tan sólo un reencuentro para dos almas enamoradas. Volvería a tener a Carlota entre sus brazos, besando su alma.

Sí, era tiempo de terminar su vida. Lo hecho, hecho estaba. El destino ya había trazado su final; nada los salvaría.

Los carceleros entraron por él. Maximiliano vio a sus generales Miramón y Mejía, como un padre ve por última vez a sus hijos, y luego se levantó con la frente en alto.

—¿Están ustedes listos, señores? Yo ya estoy dispuesto. Pronto nos veremos de nuevo en la otra vida.

La otra vida, sí. Ahí lo esperarían, ahí tenía que llegar para ver a Carlota. Al fin el emperador derrotado encontraría la paz, no más batallas, no más muertes, no más nada; sólo calma en la eternidad.

La muerte era el último consuelo que le quedaba a su corazón herido.

Era un día de junio como cualquier otro: la brisa gélida se deslizaba por la tierra, en el cielo se dibujaba la tormenta y la neblina. El aire estaba impregnado con el aroma de un carbón que ardía en un patio cercano.

—¡Qué día tan melancólico! Siempre quise morir en un día como éste.

Caminaron hasta los coches y éstos los llevaron hasta el cerro de las Campanas. Maximiliano se veía tranquilo, pero su corazón latía sin control. El tiempo había perdido su forma, se alargaba sin textura; los segundos duraron años enteros para todos los presentes.

Caminaron colina arriba exactamente cien pasos y se detuvieron con horror. La división de cuatro mil hombres mandada por el general Ponce de León formaba un cuadro al pie del cerro de las Campanas, por el frente que mira al norte. Gente del pueblo acudía silenciosa a colocarse en el vasto recinto de la colina. Los reos habían dictado ya sus últimas disposiciones.

Colocaron a los prisioneros de forma que el emperador quedara entre sus dos generales, pero Maximiliano protestó de inmediato a favor de Miramón.

—General, un valiente debe ser honrado por su monarca hasta en la hora de la muerte, permítame que le ceda mi lugar de honor.

Luego se volvió hacia Mejía:

—General, lo que no es compensado en la tierra lo será en el cielo.

Maximiliano sacó de su bolsa unas monedas de oro de veinte pesos y las distribuyó entre los soldados que iban a fusilarlo. Su rostro debía quedar intacto para que su madre lo reconociera; en cambio el corazón, ¿de qué le serviría después de muerto si ya estaba con su amada? Mejor deshacerse de él, sí, mucho mejor; que dejara de latir lo más pronto posible.

Mejía también dio a los que debían disparar sobre él una onza de oro para que se la repartieran.

Así, pues, los condenados se acomodaron en su nuevo orden y las tropas se acercaron a ellos. Maximiliano tenía la mirada perdida, tal vez recordaba su viaje a México, su recibimiento en Veracruz, su entrada en la ciudad de México, los ojos de su Carlota. ¡Qué aventura había tenido! ¡Y qué fin más notable!

El oficial al mando dio un paso al frente, levantó la mano y balbuceó el principio de la orden de ejecución.

Los soldados no dispararon.

El oficial al mando giró para ver directamente a los condenados, sus ojos estaban llenos de lágrimas, pero ninguna se había derramado por sus mejillas. No quería mostrar debilidad, más bien deseaba un consejo de los condenados.

—¡Usted es un soldado y debe obedecer las órdenes que le han dado! —le sugirió el emperador mientras secaba su frente con un pañuelo.

De nuevo un momento largo, interminable; nadie se movió, nadie habló hasta que Miramón levantó la voz.

—Mexicanos: en el Consejo mis defensores quisieron salvar mi vida, aquí pronto voy a perderla, y cuando voy a comparecer delante de Dios, protesto contra la mancha de traidor que se ha querido arrojarme para cubrir mi sacrificio. Muero inocente de ese crimen, y perdono a sus autores, esperando que Dios me perdone, y que mis compatriotas aparten tan fea mancha de mis hijos, haciéndome justicia. ¡Viva México!

México, ese nombre tan extraño que llevaba su desgracia. ¿Por qué no gritarla al mundo? ¿Por qué no dar un último mensaje a la vida como lo había hecho Miramón? Y así lo hizo.

Luego fue el turno de Maximiliano para que hablara:

—¡Mexicanos! Muero por una causa justa, la de la independencia y libertad de México. Ojalá que mi sangre ponga fin para siempre a las desgracias de mi nueva patria. ¡Viva México!

Ahora sí, todo estaba hecho, dicho. No quedaba más que dejar su existencia terrenal, nada más...

El imperio ha sido derrotado, no queda más de él.

El oficial al mando levantó su espada diciendo bien las palabras. El protocolo de siempre para los condenados...

Lo que había empezado en Veracruz estaba por terminar.

Los soldados que se hallaban frente a los prisioneros levantaron sus armas, listos para disparar...

El oficial terminó sus palabras y bajó la espada de golpe. Los fusiles tronaron; después vino de nuevo el silencio eterno, largo, nunca más se volverían a oír sus voces. Nunca más se les estaría permitido pasearse por el mundo de los vivos, ellos ya pertenecían a otro tiempo, a otro lugar; eran espíritu en vuelo.

Maximiliano no sucumbió en el acto, y se advirtió, porque ya caído pronunció estas palabras: "Hombre, hombre". Entonces se adelantó un soldado para asestarle el golpe de gracia, con el cual exhaló el último aliento.

Así fue un día de junio como cualquier otro, el sol estaba oculto detrás de las nubes blancas. Las migas del firmamento habían tomado ya su color cenizo, un grupo de golondrinas voló a lo lejos.

En definitiva era un buen día para morir.

Quién diría que todo terminaría así, amigo. El imperio cayó más rápido de lo que nos costó imaginarlo.

No he sabido nada de ti, ¿será acaso que no te llegan mis cartas?

Tu amigo,
ANTONIO COTA

Pocos saben que detrás de la parroquia de San Sebastián se construyó un pequeño cuarto de piedra en el que apenas caben dos hombres. Sin ventanas, es un vicio de aire que apesta a moho y que a veces se usa para guardar las figuras de los santos rotos. Ahí es donde se decidió encerrar a Victoria para protegerla del mundo exterior.

La ciudad de México continúa sitiada por Porfirio Díaz y el alimento escasea. En estos últimos días he sido testigo de cómo el mundo de los espíritus se ha manifestado con más frecuencia de lo común. Ayer, uno de mis compañeros sacerdotes fue a hacer un exorcismo en el que una mujer gritaba, con voz gutural, que debíamos dejar libre a Victoria; otro mencionó que el crujir de las sombras no lo dejó dormir; y un tercero afirmó que una tormenta de truenos lo había mantenido despierto tres noches seguidas, aunque nadie más escuchó sonido alguno de las tinieblas que cubrían el cielo.

Cuando le conté aquello al padre Alfonso, no reaccionó de modo alguno; impasible y serio, acarició la cruz que llevaba al cuello mientras contemplaba las cicatrices de su rostro en un espejo.

—La falta de comida juega con su mente. Curen el hambre rezando el rosario —dijo.

Mas cuando nos encontramos solos, se me quedó viendo como si esperara que le dijera algo.

—¿Me permite acompañarlo a los interrogatorios que mantiene con Victoria? Quiero terminar mi expediente sobre esta mujer.

—Haga lo que quiera, su investigación ya no me interesa —respondió sin mucho interés.

Así fue como hoy, 21 de mayo, se me dio la oportunidad de ver a Victoria una vez más desde su arresto.

Entré de nuevo en la parroquia de San Sebastián, pero con un temor muy diferente. Había un silencio incomprensible, un ambiente de pesadez en sus columnas chuecas. Estábamos solos. Haciendo eco con cada pisada, caminamos detrás del altar principal y, junto al Cristo que permanecía roto, encontramos una puerta medio escondida. Nos introdujimos en la habitación. Dejamos la puerta entreabierta para que pasara un hilillo de luz que apenas le dio forma al rostro de la pobre mujer.

La peste de aquel lugar era inconfundible; aún llevaba la misma ropa de días antes, con manchas de lodo y sangre. Su piel resentía la falta de agua y alimento, era como un trozo de cemento viejo. No había rincón en sus labios que no estuviera partido, ni espacio en sus brazos sin moretones negros.

Padre Alfonso: Nos volvemos a encontrar, querida. ¿Quieres confesar tus pecados conmigo?

Victoria: ¿Puede un pecador confesar a otro?

Padre Alfonso: Si Dios lo permite...

Victoria: La carne sólo adivina los designios del espíritu, pero no los conoce.

La mirada de Victoria se posó sobre mí por un instante, y luego volvió a mi compañero. La pobre mujer estaba amarrada a una silla. No había forcejeos de su parte, era un cordero dócil de apariencia triste.

Padre Alfonso: Haré que tu origen maligno quede en acta. ¿Es verdad que vienes del reino de los espíritus?

Victoria lo observó en silencio, con la mirada pétrea sin reflejo.

Padre Alfonso: ¿Es cierto que tu padre vino de un mundo de tinieblas a poner su semilla maligna en nuestro mundo? ¿Cuántos hermanos y hermanas tienes por el mundo matando indiscriminadamente?

De nuevo nos vimos rodeados por un silencio sepulcral, en el que no fui capaz de escuchar la vida contenida fuera de aquella habitación.

Padre Alfonso: Me parece que deseas que tomemos cada una de esas respuestas como un "sí, soy culpable".

Victoria: Es dado al hombre capacidad de palabra para comunicarse con sus semejantes, pero es su decisión si la utiliza para engañar o curar. Mis hermanos son todos los hijos que han nacido en este mundo.

Padre Alfonso: Entonces no nos engañes y escribiremos las palabras que salgan de tu boca, sin añadir o quitar alguna. Sólo necesitamos tu testimonio fiel para confesarte. ¿Es verdad que tu padre no es de este mundo?

Victoria: Tú lo has dicho.

Mi compañero respiró enojado y luego escupió en el rostro de Victoria.

Padre Alfonso: ¿Es cierto que a través de tus poderes le arrebataste la vida al hombre inocente que te cuidó como si fueras su propia hija?

Silencio incómodo, mi mano temblaba en lo que esperaba una respuesta.

Victoria: No tengo poder alguno sobre la carne, porque yo misma estoy hecha de ella. Jamás he levantado la mano contra otro de mi especie, ni he colaborado para que ésta sea dañada. Mi padre, que está en todos lados, quiso vengarse de mi padrastro por haberme golpeado y fue él quien lo mató, yo no. Usted lo sabe mejor que nadie.

Padre Alfonso: ¡Mientes!

Victoria: ¿Dónde está la mentira?

Padre Alfonso: Tu cinismo te condena. ¿También negarás que tomaste la vida de tu madre y la de tu abuela? El padre Joaquín tiene sus diarios y sabemos lo que hiciste. ¿Acaso no hay arrepentimiento en tu alma?

Ella giró, y aunque su respuesta era para el padre Alfonso, su mirada me deshacía el alma en terrones de culpa.

Victoria: ¿Acaso debe culparse a la criatura por los pecados de su creador? Tampoco soy responsable de la traición de mi mejor amiga, ni del joven que consideraba mi primer amor. Si mamá quiso pensarlo así, fue culpa suya, me odió por lo que hizo mi padre con ella, pero ¿yo la ofendí en algo? ¿Acaso no la ayudé cada día en casa? Fue ella quien levantó un cuchillo contra mi cuerpo, pero fue mi padre espiritual el que se lo arrebató una vez y susurró en su oído para que se detuviera. Ella no lo escuchó, estaba como loca; volvió a intentar su crimen, pero falleció en el intento. ¿Esos diarios dicen qué pasó después? ¿Explican el resto de mi vida? Reprendí a papá y me fui de ahí, queriéndome alejar de la pesadilla. ¿Sabe? Estaba en la calle, rodeada por todos mis vecinos y sabía que me hallaba completamente sola. ¿Quién vería por mí? Tenía frío, hambre y sed. Mi mundo estaba destruido… tampoco fui responsable del temblor de tierra que se dio el día que intentaron bautizarme, ni hay nada sobrenatural en ello…

Un gruñido del padre Alfonso la interrumpió.

Padre Alfonso: Tus mentiras te han traído aquí; quieres culpar de todo a un ser que no existe.

Victoria: Existe.

Padre Alfonso: Si es verdad lo que dices, y afirmas que hice contigo, ¿por qué el espíritu de tu padre no se ha vengado conmigo?

Victoria: Tú sabes por qué.

El cura sonrió levemente, se acercó a la joven.

Padre Alfonso: Y según tú, ¿qué es lo que yo sé?

Victoria: Recorrí el país, encontrando el valor para hablar; no hubo noche en que mi padre no viniera a mí en sueños para evitar que lo hiciera. Me dijo que mi vida estaba en peligro si hablaba en contra de usted, y mi boca haría que otros cercanos a mí también murieran. Temí por Felipe y por Santiago, incluso por Juan y Tomás. Los demás no entenderían lo que estaba pasando. Al final comprendí que lo mejor era desistir de mi misión, alejarme de la vida pública y vivir tranquila el resto de mis días al lado de Felipe, con quien me encontraría más tarde; pero mis planes fueron arruinados por usted, padre Alfonso. Todo porque no fui capaz de encontrar una reliquia de plata.

Padre Alfonso (burlón): ¿Y cómo fue que su padre no vio lo que yo estaba planeando?

Silencio por parte de Victoria.

Padre Alfonso: ¿Sabes qué, niña? Cuando salió la ley del 5 de octubre, tuve la esperanza de que el gobierno de Maximiliano te arrestara y fusilara, y al fin este imperio malnacido hubiera tenido alguna razón de existir, pero Dios no me dio ese don. No.

Victoria: Antes de mí, ¿cuál era su relación con Dios?…

Padre Alfonso (la ignora): Al menos las circunstancias conspiraron para que nos encontráramos en una ciudad sin ley, sitiada por un pecador y cubierta por las tinieblas más oscuras que ha visto el abismo.

Los ojos de Victoria eran vitrales rotos por donde se colaba la lluvia de su alma; asustada, levantó la vista y miró a todos lados.

Yo: ¿Qué buscas?

Victoria: Una mariposa negra.

Padre Alfonso: Lo siento, querida, las puertas de la iglesia están bien cerradas, aquí no entrará ninguna mariposa. Padre Márquez, por favor déjenos solos. Quisiera terminar de entrevistar a Victoria en privado. No necesito que usted interrumpa un procedimiento delicado.

Victoria: Padre Márquez, por favor protéjalo.

Yo: ¿A quién?

Victoria: Al hielo que ha cubierto mis montes lunares.

Padre Alfonso: No se lo repetiré de nuevo, Joaquín, lárguese de aquí.

Decepcionado, no tuve otra opción que obedecerlo. Guardé bien mi cuaderno y cerré la puerta antes de irme. El templo me pareció un lugar frío y húmedo, más pequeño que de costumbre, como si de pronto el mundo tuviera la extraña necesidad de hacerse cada vez más reducido. El crucifijo permanecía sin arreglar, los santos se apagaban en sus vestiduras de plata.

Salí a la plaza y cerré bien la puerta detrás de mí. Caminé ensimismado en mis pensamientos. No podía sacar de mi cabeza las palabras que había leído en la carta del padre Alfonso, porque él se la escribió al padre Daniel; no existía duda. Nauseabundo, me senté por un momento, hasta que escuché un grito a lo lejos y creí que Santiago corría hacia mí, pero en realidad se trataba de su hermano gemelo. Tenía la cicatriz en la otra oreja.

—¿Dónde está? Dígame dónde está… —era Felipe.

—No puedo decírselo.

Su desesperación era enternecedora, tenía el mismo vitral roto en la mirada, de lágrimas salpicadas de lluvia.

—¡Carajo! No puedo vivir sin ella, la necesito. ¡La necesito! ¿Me oyó? Dígame dónde está y la rescataré, la alejaré del mundo. Ya no será un problema para la Iglesia.

—Fue ella quien me pidió que no le dijera dónde estaba escondida —exclamé.

—Ya recorrí todos sus edificios, sus iglesias, y he gritado su nombre en toda la ciudad, y no podría vivir sabiendo que…

Calló de repente y compartí el silencio de su estupefacción. Levanté el rostro y contemplé la lluvia manchada de sangre. Crucé una mirada con Felipe, los dos sabíamos lo que aquello significaba; tuve que hacer gala de toda mi fuerza de voluntad para no correr de regreso a la parroquia.

Un grito ensordecedor salió de su garganta y se derrumbó a mis pies, con el alma desgarrada, sin hallar consuelo más que mis palmaditas en su espalda. Ese día descubrí lo doloroso que es aguantarse las lágrimas por el bien de otra persona.

Llevaba varias noches sin dormir, mirando las estrellas moribundas con la idea de fraguar un plan que lograra rescatar a Victoria. El día antes de ayer oí que tocaban quedo a la entrada de mi casa, y cuando fui a abrir... ¡No pude evitar abrazar a mi amigo Antonio Cota! Tantos años sin vernos y ahora estábamos frente a frente, con el alma desnuda. Lo único que parecía demostrar el paso del tiempo eran las arrugas que adornaban nuestra piel de yeso.

Pasamos las horas en la oscuridad, platicando como si no hubiera transcurrido el tiempo. Él narró cómo había sido arrestado Maximiliano y cómo Mariano Escobedo le proporcionó un salvoconducto para regresar a la ciudad, pensando en que yo necesitaría ayuda. Mencionó que había intentado localizarme después del arresto de Victoria, pero al saber que lo estaban buscando, tuvo que huir de la ciudad disfrazado con unos lentes y una barba negra.

Yo, en cambio, le conté de nuevo todo lo que había pasado con Victoria, desde el momento en que inicié la investigación hasta su arresto, y cómo el padre Alfonso Borja se encargó de pagar a los soldados de Porfirio Díaz para que me dejaran salir de la ciudad. Sitiada, me había sido imposible regresar para proteger a Victoria, o comunicarme con él.

—Ayúdame a salvarla —le pedí.

Él me miró, y asintió torpemente mientras yo forzaba una sonrisa débil. Encendí una vela negra y garabateé un rato en el papel. Él asintió.

Desde entonces pasé las tormentas y el andar por las tinieblas, repasando cada parte del plan, incluso para sacar a Victoria de la ciudad y esconderla en el norte, lejos del ojo insano del padre Alfonso.

Hoy era el día que habíamos elegido para llevar a cabo el plan. Antes de que el sol saliera, me vestí con mi sotana, besé el rosario de cuentas negras, me persigné frente al Cristo que colgaba sobre mi cama y salí a la humedad del verano.

Mis huesos se movieron sin control, mi respiración se agitó y mi aliento se transformaba en vapor. Mis pies se arrastraron a la entrada de la parroquia de San Sebastián, donde ya nos esperaba Antonio Cota, seguido de tres soldados.

—Ya les he explicado todo —me susurró al oído.

Usé mis llaves en la entrada, tenía miedo de que hubieran cambiado la chapas, pero el sitio de la ciudad de México ha detenido la vida, casi la ha vuelto una pintura macabra en la que todo permanece estático y sólo es posible identificar a las personas a través de brochazos negros en el lienzo podrido. El templo, a pesar de estar cubierto de altares plateados, parecía abandonado sin un crucifijo.

Nos movimos sigilosos por uno de los costados del pasillo y llegamos hasta el pequeño pasillo en donde, tras una puerta, tenían escondida a Victoria. ¡Maldito padre Alfonso! La mantenía custodiada en todo momento, inclusive de noche, pero también teníamos eso pensado. Los amigos de Antonio lograron inmovilizar a estos curas, y pude entrar en el cuarto. Victoria se hallaba despierta, mirando el frente, temblando; el hedor y la pestilencia que emanaba era insoportable. Se veía demacrada, su cuerpo resentía la poca comida y la escasa agua que le habían dado en los últimos días. La desaté y le ayudé a levantarse; se apoyó en mí. Con gran dificultad caminamos por la iglesia y salimos de ella.

—Por aquí —dijo Antonio Cota en cuanto salimos a la calle, y lo seguí por una callejuela cercana, mientras mi corazón rojo bombeaba sangre sin control.

Pronto me di cuenta de que no estábamos solos. El padre Alfonso Borja nos cortó el paso, rodeado de algunos sacerdotes más, que compartían su sonrisa maligna de triunfo.

En silencio, me volví hacia el padre Alfonso Borja y supe que él tampoco sabía lo que sucedía. Estaba más asustado que yo.

—¿Ahora lo ven, amigos? Se los dije, nuestro cometido debe adelantarse —externó el padre Alfonso a los curas.

—Blasfema —oí decir a uno.

Otro escupió en la piedra de una jardinera seca.

No sé qué fue de Antonio Cota, se lo llevaron por una calle opuesta. A él y a sus amigos soldados.

Me separaron de Victoria y sentí que la tierra se movió. El cielo se oscureció por el aleteo tremendo de un número monstruoso de mariposas negras que se dirigía hacia nosotros. A la fuerza, me condujeron hasta la iglesia y cerraron las puertas con llave.

Nos quedamos en silencio escuchando una estampida a las afueras; parecían escucharse ruidos de animales, pájaros y, aunque sabía que era imposible lo que percibían mis sentidos, otros sacerdotes también lo escucharon y se taparon los oídos.

—Enciérrenlo en la oficina —ordenó el padre Alfonso a uno de sus sacerdotes y, tomándome del brazo, me llevó a un cuarto anexo donde he podido contemplar, por algunos momentos, el Cristo roto de la mirada perdida. Mientras escribo estas palabras estoy pensando en un nuevo plan para sacar a Victoria del templo. Sé que sólo soy un hombre, pero estoy tranquilo porque Dios está a mi lado. Al menos eso creo. No conozco la naturaleza de las mariposas negras, pero una parte dentro de mí espera que nos ayuden a salvar nuestras vidas.

¿Por qué se oyen tantos gritos en la nave principal del templo? Tengo que salir; como sea, tengo que salir...

Nota de Antonio Cota: Este texto lo añadí después de la muerte de Victoria.

Extracto del libro *Un acercamiento católico a las viejas prácticas de alquimia*

No se ha podido determinar la naturaleza exacta de la carne que es engendrada a partir del espíritu de moralidad maligna, por lo que no debe dudarse su destrucción pues atenta contra la naturaleza creada por Dios, Nuestro Señor.

Así, cualquier acto que ofenda los preceptos divinos, desde sodomía hasta la influencia mal intencionada de las palabras de una mujer, debe desecharse. Porque todo ha venido del ángel Luzbel, caído siglos antes de escribir estas palabras, y ha sido puesto en marcha a través de sus agentes hechos carne. Por lo tanto, cuando un exorcista identifique a un ser que proviene del espíritu, debe llamarlo por su nombre: la Hija del Diablo, y desterrarlo al infierno. Sólo así podrán reducirse las tentaciones y los malos ejemplos que pululan desde un plano que no es el nuestro.

En tiempos antiguos bastaba con que a estos seres se les trasladara al templo de Salomón para que cayeran muertos en cuanto pisaran tierra santa. Incluso se dice que Moisés podía arrebatarles la vida con una palabra secreta que había aprendido de Dios pero que ahora, por desgracia, se ha perdido. En los evangelios apócrifos el mismo Jesucristo le quita la vida a un niño que había nacido de un espíritu. Sin embargo, con la muerte de los santos apóstoles mucho de ese conocimiento antiguo se desvaneció. Los demonios, a través de los emperadores romanos, intentaron aniquilar a los cristianos y lograron mermar gran parte de esta sabiduría milenaria.

Por años, estos hijos e hijas del diablo vivieron sin temor a Dios, obligando a los hombres a realizar acciones terribles y a sugerir doctrinas falsas, como que la Tierra no está en el centro del universo. Nuestro Señor inspiró a hombres de fe a volver a la lucha espiritual y, con la caída del imperio romano, el hombre fue capaz de ver a estos seres como lo que eran en realidad: brujas y demonios.

La eliminación de tales entes de una sociedad cristiana por lo general empieza a partir de la denuncia de un buen samaritano. No debe permitirse que las mujeres o los hombres que no profesan nuestra fe posean conocimientos secretos, porque seguramente han sido revelados a través de prácticas condenadas en los textos sagrados.

Por ejemplo, desde que el hombre habitó el jardín del Edén, se sabe que las enfermedades son la forma en que Dios castiga al género humano por sus iniquidades. Por lo tanto, cuando una hija del diablo utiliza su conocimiento secreto para sanar, atenta contra los designios del Señor.

Así que hace falta insistir en este punto: debe ser la muerte lo que aleje la tentación del mundo, pero antes hay que realizar un ritual para que el espíritu no regrese a la carne, y por ello se debe empezar por su purificación. Se requiere un lugar seguro donde los espíritus no puedan entrar y ahí asegurar muy bien a uno de estos hijos del diablo. Con una vela bendita se deberá imponer la flama sobre la carne hasta que aparezcan ampollas negras y los gritos se vuelvan insoportables.

También se puede cortar con un cuchillo los brazos y los hombros al menos trece veces para que la sangre negra escurra por la piel. De igual forma es posible golpear el pecho, la espalda y las rodillas con el fin de que el dolor de la carne aleje al espíritu.

Se han documentado casos en los que, con estas simples acciones, los demonios abandonan el cuerpo, mas no es común que suceda.

El exorcista debe seguir con los rituales para alejar el mal del mundo; en los documentos anexos a esta obra, y una vez que se hayan terminado con los rezos, se podrá seguir con la expulsión final de los seres contra natura.

Quizás el método más común hasta ahora haya sido el de la quema, y esto se consigue amarrando a la bruja o demonio a una pila de leña joven, para que tarde más en arder y el sufrimiento sea mayor. Se deberá hacer una oración antes de encender la madera, y se tendrá que esperar a que el cuerpo se haya quemado por completo antes de desecharlo en tierra no santa.

Por otro lado, el método que este autor prefiere es a través del agua. Se inmoviliza a la hija del diablo en una silla de hierro preparada para tal ocasión y se sumerge en el agua, evitando que respire y así el mal podrá alejarse. Se recomienda que, para acelerar el proceso, el exorcista bendiga al río. Además se podrán evitar encuentros desagradables con demonios acuáticos.

Sin Victoria a mi lado, las noches tienen cierto desamor que no puedo explicar. Extraño su piel incolora, sus labios fríos, sus caricias. Cuando me asomo por la ventana y veo el mundo de tinieblas y pecado que hizo Dios, me pregunto si llueve sangre porque es Victoria quien lo quiere o han terminado de romper lo poco que queda de ella. Siempre he creído que el claroscuro del alma evita que veamos con buena luz el resto de la pintura.

No pude evitar más su lejanía, dejé mi habitación abandonada y caminé por las calles de la ciudad de México, empolvadas por el sitio irremediable de Porfirio Díaz. Yo mismo firmé una petición para que nos dejaran salir; sin embargo, mientras las pocas tropas enemigas permanezcan aquí, no hay nada que hacer. Sufrimos todos por los pecados de unos cuantos. Me pregunto si así será el infierno.

Lo siento, hoy no tengo palabras de aliento que poner en mi diario, aunque estoy relatando lo que sucedió en esta fecha. Qué más da. A lo mejor a nadie le interesa lo que pueda haber ocurrido un 13 de junio de 1867, o mis palabras se pierdan para siempre en el olvido de la historia.

Desde la noche en que Victoria fue arrestada no había podido platicar con mi hermano, desapareció de mi vista, aunque sabía muy bien que no abandonó la ciudad. Por casualidad lo encontré caminando por ahí, y mi furia no pudo más. Lo tomé de la camisa y lo empujé contra una pared.

—La perdí por tu culpa, maldito bastardo.

—Sólo quería protegerte.

—¿Dónde está? ¡Carajo! ¡Dímelo!

Santiago lo pensó antes de confesar que no lo sabía, pero que tal vez el padre Joaquín sí. Le dije que no me había querido decir nada.

—Ve a la parroquia de San Sebastián, ahí me entrevistaba con él. Tal vez si lo ves en privado te pueda decir algo.

Lo dejé ir; mi desprecio por él era tan grande que creí que lo lastimaría. Corrió entre una nube de polvo y desapareció. El aire estaba lleno de humedad, caminé tembloroso hacia la parroquia, pero antes de llegar sentí que algo tomó mi pie y me hizo tropezar. No había nadie; sin embargo, percibí claramente dedos largos alrededor de mi tobillo. Quise moverme y no pude. ¡No me dejaban!

Con dificultad me arrastré por la polvareda. El esfuerzo en ese momento era inhumano, hasta que fui liberado y pude correr de nuevo. Al llegar a la plaza me inundaron las tinieblas, sobre el templo se cernía una tormenta de rayos sin color y lluvia ensangrentada. Un grupo de mariposas negras voló hacia mí e intentó atacarme. Moví las manos, grité que me dejaran en paz. Quise alejarme de ahí cuando escuché un grito espantoso; era de Victoria.

—¡Aquí estoy! —externé, y mi amor renovado corrió una vez más hacia los portones de entrada.

Desesperado toqué a la puerta, jalé las manijas y lloré para que me abrieran, mientras mi ropa se manchaba de sangre y las mariposas negras laceraban mi piel.

Un grito más desató mi desesperación, rodeé el templo lo más rápido que pude, hasta que hallé una puerta en uno de los costados. ¡Cerrada también! ¿Qué podía hacer? Tenía que salvarla, tenía que…

Golpeé la puerta con fuerza hasta que en mis puños no hubo más espacio para las astillas y el cansancio me llenó por completo. Con un último esfuerzo logré vencer, apenas un poco, las viejas cerraduras de hierro.

Me colé en el templo mientras una voz familiar ordenaba a lo lejos: "¡Cierren las puerta! Que no entren los demonios".

No me resultó tan difícil abrir la puerta de la oficina. Con mi diario en la mano regresé a la nave principal del templo donde Victoria permanecía desnuda, sentada en una silla. Uno de los sacerdotes le acercaba una vela a su mano. Su piel grisácea estaba llena de moretones rojos, costillas rotas y un bulto en el abdomen que me reveló la verdad de su estado. Portaba la corona de espinas del Cristo de cerámica.

Todo lo que se oía eran burlas a la mujer.

—Tu luna de sangre nunca será la estrella de Belén —dijo uno mientras la escupía.

—¡Tu madre nunca será la nuestra! —gritó otro.

—Adoctrinas con engaños y falsedades —expresó un tercero.

—Tus poderes provienen del malvado.

Nunca había visto tal degradación de un ser humano, mientras que el padre Alfonso sonreía, con un libro grueso de piel negra en las manos.

Quise acercarme y exigirle que la dejara en paz, ¿qué cuentas le rendiríamos a Dios si maltratábamos así a uno de sus hijos?

Un golpe me arrojó al suelo y ahora las burlas se dirigieron hacia mí.

—Ha llegado el momento —sentenció el padre Alfonso.

En los instantes que siguieron experimenté un horror terrible, más que en cualquier otro momento de mi vida; bajaron los maderos que habían usado como crucifijo y los colocaron boca arriba frente al altar. Los clavos que traspasaban la superficie de cerámica del Cristo descansaban sobre el mármol frío.

¡No quería ver! ¡No quería!

Me obligó el morbo, la decepción por el género humano.

Posaron a Victoria desnuda sobre la madera y extendieron sus manos y sus pies. Sus labios eran un temblor inevitable; sus músculos, gelatina frágil. Sumisa ante el destino, permaneció en silencio. Entonces se oyó el primer martillazo, y un grito de dolor traspasó la creación. La sangre corrió por el mármol blanco, inundó el mundo sin color con su agonía; metal contra metal, y metal contra piel, luego madera.

Jamás imaginé que todo terminaría así.

Con las mejillas empapadas intenté zafarme de mis captores, pero fue imposible. El crimen se había consumado y yo fui cómplice del más terrible asesinato que ahora levantaban en el altar. Ahí quedó Victoria, llorando y sufriendo, remplazando al Cristo de cerámica, mártir inocente, víctima de una causa en la que nunca fue culpable.

En ese momento se abrió una de las puertas laterales y se alcanzó a colar Felipe por ahí.

—¡Cierren las puerta! —ordenó el padre Alfonso, y todos corrieron a obedecerlo, por lo que pude quedar libre para correr hacia la cruz.

Felipe había llegado antes y estaba completamente deshecho; no había parte de él que no se hubiera roto por el dolor. Lo noté en su expresión, no entendía nada de lo que estaba pasando. En un momento de confusión se volvió hacia mí y sentí sus golpes débiles en mi pecho.

—¿Por qué? ¿Por qué?

La risa fría del padre Alfonso retumbó por todo el templo, se burlaba sin piedad de Victoria, como lo hizo siempre. Al fin la tenía como había querido: humillada y desnuda. Para eso me envió una carta hace tantos años y yo caí en el juego. Ahora sólo era un peón, un cura más sin fe, un idiota que contemplaba un crimen sin poder remediarlo.

—Si dicen que es tan poderosa, que baje de ahí —se burló un cura.

—O que nos mate a todos con su mirada —respondió otro.

No fui capaz de cruzar una mirada con la mujer que yo había jurado proteger y salvar, pero en lo que fallé miserablemente.

El estruendo del exterior se tornó cada vez más fuerte, hasta que no se pudo más y Victoria levantó el rostro a la cúpula y soltó un grito desgarrador:

—¡Padre, he fallado! —y dejó de respirar.

Yo quedé arrodillado ante el crucifijo cenizo de la parroquia de San Sebastián Mártir; recordé el voto de obediencia que hice cuando me ordené religioso. Levanté la vista y me apiadé de la figura gris que tenía ante mí: las rodillas rotas en un manchón granate, las costillas expuestas al mundo, el estómago inflamado, las mejillas empapadas; imaginé el dolor de los clavos traspasando la piel, las astillas de la cruz en la espalda y las espinas de la corona en el cráneo. La vergüenza de la desnudez. Había agonía tensando cada uno de sus músculos muertos.

Me dejé caer y escuché mi respiración en el vacío del mundo, en lo profundo de mi alma. No hay más color para el orbe, no hay más consuelo para los inocentes.

Los demonios están allá afuera, los oigo y quieren entrar; desean satisfacer su sed de venganza así como lo hemos hecho nosotros. Seremos su juguete, su carnada.

—Nadie sale de aquí hasta que yo lo ordene —dijo el padre Alfonso y yo empecé a escribir en este diario con lo último que me quedaba de luz.

A lo lejos intentan bajar el cadáver del madero, mientras Felipe estira las manos al vacío, esperando reencontrarse con su amada, tocarla por última vez, sentir a su hijo no nacido.

Todo sacrificio conlleva un asesinato, aunque no sea de carne. Ahora lo entiendo y ahora sé lo que quiso decir Victoria cuando expresaba: "Ven la cruz porque no quieren entender el sacrificio que se esconde en ella".

Fui un tonto.

Todos los hombres lo somos.

Hay algo extraño en las aguas del tiempo, no fluyen como antes, me hacen sentir nervioso, frío en el estómago y en las plantas de los pies; el escalofrío salta con lentitud en cada una de mis vértebras. Estamos rodeados de sombras que, en plena noche, conforman el todo de la vida. Un momento eterno de silencio donde se perciben pisadas, y tras otro movimiento brusco caen vírgenes y santos, permanece erguido el san Sebastián que da nombre a este templo.

Estamos desesperados, no sabemos cuánto aguante nuestro espíritu y nuestra fe; el hambre es cada vez mayor, igual que la sed y el sueño. Mientras se nos ocurren ideas extrañas de cómo escapar de aquí, pasa el tiempo. Y pasa y pasa… Nos preguntamos si no debería ser ya de día. Alguno de nosotros sugirió que el mundo había llegado a su fin y que éramos el último bastión del pecado; de tal modo sólo era cuestión de tiempo para que los ángeles de la muerte, la enfermedad, la peste y la destrucción entraran en el templo. El padre Alfonso le indicó que no repitiera esas tonterías, que solamente estaba delirando por el hambre.

Ahora el mismo hombre se levanta, tiene la mirada perdida en la confusión. Camina hasta el cadáver expuesto de Victoria, posa su mano en el abdomen, apenas inflamado.

—… no hemos tomado una vida… fueron dos…. ¡Fueron dos! —su voz sube, repite incansable la última frase.

Otros sacerdotes voltean a verlo, pero lo ignoran, tal vez lo tomen como un loco.

¡No! El hombre es un idiota.

Corre hacia una de las puertas e intenta abrirla, quiere comer, desea salir y respirar el aire de la noche. ¡Deténganlo! ¡Que no se atreva a abrir las puertas!

Un crujido de la madera es suficiente para que un gemido de espanto salga de nosotros.

Los espíritus entran en el templo a cobrar venganza…

Que Dios me ampare.

Los espíritus entraron en el templo, rodearon todo y yo caí de rodillas protegiendo mi cabeza. Cerré los ojos lo más fuerte que pude, en lo que se desprendieron piezas de los altares y el madero; estallaron los vitrales. Cayeron los candelabros. Escuché los gritos, los perdones vacíos; apenas levanté el rostro y vi al padre Alfonso Borja caminando entre el desastre y las mariposas, sin ser afectado por el mal.

Cuando retornó el silencio, me levanté. Todo lo que se alcanzaba a ver era destrucción. Felipe estaba aferrado al cadáver de Victoria, con los ojos cerrados. Entre los cuerpos inertes atrapados por los escombros reconocí a algunos sacerdotes, quizás otros escaparon. No lo sé.

Con un mutismo extraño en mi mente, y sin parpadear, caminé por las sombras de la luna sin sangre y las estrellas moribundas. Contemplé la pared por un largo rato antes de poder escribir algo en mi diario y sentir, de nuevo, una presencia en mi espalda.

Había una mariposa negra en la ventana.

Supe que había llegado la hora de morir.

Todo aquel que lea estas palabras estará condenado a sufrir la peor de las muertes.

Yo mismo lo perdí todo cuando este infierno me volvió cómplice de un crimen que hoy me atormenta. Desde entonces, los murmullos del maligno inundan la noche y no me dejan dormir. Mis pesadillas han tomado la forma de clavos, y esas mariposas negras que los chamanes indígenas llaman *micpapalotl* se me aparecen cuando intento leer las páginas de la Biblia para darme consuelo.

No puedo respirar bien, me siento inexistente.

Apenas tengo tiempo de leer estos documentos que el padre Joaquín ha recopilado por años para entender las pesadillas que se esconden en sus hojas podridas, pero están tan revueltos que no puedo encontrar una historia coherente.

¡Cuánta sangre guarda esta tinta! ¡Cuánto abismo! ¿Dónde está mi Creador para protegerme del mal que me acecha? Se ha vuelto sordo a mis oraciones. ¿Acaso no hay quien escuche mis padres nuestros en este mundo de blanco y negro? Dudo de mi Dios, de los días, de lo que fue y será; dudo del tiempo. El imperio de Maximiliano ya no es más que un sueño cenizo.

Tengo que obligarme a pensar para que las palabras se derramen en el papel, pero ni siquiera así puedo escribir bien. No puedo hilar oraciones, mucho menos el tiempo.

Sé que el fin se acerca, pero no alcanzó a entender la razón.

Ayer mismo fui testigo del Mal. Estaba tratando de escribir en este diario cuando me llegó el olor de un aliento podrido que respiraba detrás de mí. Al voltear sólo encontré un crucifijo en la pared. Lo descolgué y guardé en un cajón, luego descubrí que mis manos estaban manchadas de una sangre negra que no sé si era mía o de la figura. Era como si el carbón se hubiera convertido en aceite, y no se despegara de mi piel por más jabón que usara.

Intentaré ordenar estas cartas, pedazos de mi diario, recortes de periódico y otros documentos para entender qué pasó en estos años.

Sé que ahí está la respuesta para dejar de ser una pesadilla que desaparece con la noche, de un mundo que sólo aparenta color.

Negro, gris, blanco. ¡Gotas de sangre sobre el papel!

Otra vez me observan, otra vez las mariposas nublan las palabras.

Una culebra fría recorre la parte baja de mi espalda y serpentea hasta la base del cuello. Sus escamas destruyen mi columna, su aliento empantana mis pulmones.

Esta habitación es cada vez más pequeña. Los techos bajan, el mundo colapsa.

Pater noster, qui es in caelis: sanctificetur nomen tuum; adveniat regnum tuum; fiat voluntas tua, sicut in caelo, et in terra. Panem nostrum cotidianum da nobis hodie; et dimitte nobis debita nostra, sicut et nos dimittimus debitoribus nostris; et ne nos inducas in tentationem, sed libera nos a malo.

Mientras Victoria era asesinada, yo aprovechaba mi salvoconducto para escapar de la ciudad, porque de otro modo me entregarían a los liberales y sería una muerte segura, y un desprestigio para mi familia.

Ahora que el sitio ha terminado, puedo volver a la ciudad de México y deseo que el padre Alfonso Borja me cuente su historia. Necesito que justifique su asesinato.

CUARTO EXPEDIENTE

El infierno sobre la tierra

No os dejéis engañar,
de Dios nadie se burla;
pues todo lo que un hombre siembre,
eso también segará.

Gálatas, 6.

Fragmentos de un manuscrito sin fecha redactado
por el padre Alfonso Borja, en posesión de Antonio Cota

… una gota de lujuria gris por mi frente, y otra vez la noche queda empantanada con los humores de la carnalidad. El aire se respira distinto, pesado. Las paredes están más cerca, los techos oprimen mis recuerdos, el cielo ya no tiene el terciopelo de antes; se ha vuelto rancio. Siento el frío que proviene de la luna desde su corteza cubierta de hielo; extiende sus brazos hasta mi piel caliente. Los carbones de mi mente se apagan mientras me subo el pantalón, pero puedo escuchar las voces de mis antepasados exclamar: "Pecador… pecador… pecador…"

Sólo son sombras de un pasado que no conocí, pinturas sin color en las Biblias que he hojeado en mi vida: la desnudez del rey David en su pecado, el cuerpo sensual de Eva apenas cubierta por hojas de plata mientras sostiene una manzana de sangre, apetitosa, suave… tentación, dulce tentación… otra y otra y otra… gotas en mi frente, las formas suaves de ella, apenas cubiertas por las hojas; abro mis labios secos y respiro rápido, hasta que mis pensamientos vuelven a calmarse.

¡Maldita sea! ¿Cuántos pecados tengo que guardar dentro de mí hasta que la tentación se haya ido? Pero no es mi culpa, no. Todos los días rezo a la santísima virgen María para que los malos pensamientos se alejen de mí, ¿qué culpa tengo yo de que me sigan acosando como las llamas de la chimenea? ¡Cómo queman! Tengo miedo de que me destruyan y entonces las voces del pasado vuelvan: "¡Pecador!"

Hace algunos meses, en una noche aún más gélida que ésta, varios sacerdotes nos reunimos en la ciudad de México para discutir las implicaciones que tendría la aplicación de la Constitución de 1857. Era una casa chica de paredes torcidas, y la luz de las velas crepitaba blanca sobre el polvo. Recuerdo que todos llevábamos sotana y que caminábamos por los pasillos bebiendo un vino bastante amargo. Hablamos de unirnos a la guerra contra las nuevas leyes y de las reformas hechas por Benito Juárez, quizá sobre el partido liberal o el conservador o de los chismes que se contaban sobre el general Díaz y Juana Catalina Romero.

Hasta esa noche mi secreto había estado a salvo, mi tentación era solamente una mota de polvo en el pasado, y tenía la idea de que si podía olvidarlo, entonces sería posible borrarlo de la historia. Ya no había crimen que ocultar, lo confesé ante Dios bajo una luna nueva en que la culpa se me desbordaba por los ojos.

La reunión iba muy bien, hasta que se hizo el silencio y la noche se adentró en nuestros corazones; el movimiento de las sombras hubiera hecho ruido. Levantamos la vista y al pie de la escalera vimos una figura que portaba bien las levitas, apenas podíamos distinguir de quién se trataba, la luz de las velas lo borraba todo. Me volví hacia los otros curas y todos estábamos ahí, vistiendo las sotanas.

Un escalón tras otro fue revelando su verdadera naturaleza, derritiendo las dudas en nuestra mente. Era un joven bien parecido, verdaderamente guapo y varonil, pero cuando se encontró con nosotros, no brotó una voz grave, sino increíblemente aguda y musical.

"Su dios debe estar llorando su desgracia, todos los hombres visten de falda y es una mujer la que lleva los pantalones."

Sus palabras eran carbón, delicioso elixir de fantasías prohibidas, en un hervor de placer y preocupación indescriptibles. El tiempo había cambiado a Victoria, la obligó a florecer en una fémina de formas suaves, y quise… suena mal que lo escriba así, pero por un momento quise que volviera a ser esa niña que me había seducido tantos años atrás.

No recuerdo quién fue el primer cura que gritó que se fuera de la casa, que su presencia era un insulto al género masculino y sus palabras una ofensa a todos los ministros de la santa Iglesia católica. Victoria apretó la mandíbula y giró hacia mí, era obvio que me había reconocido. Una vez más sentí el pecado en mis piernas, pero pude esconderlo bajo la sotana.

Ella preguntó mi opinión y ¿qué le iba a decir? No podía ir en contra de mis compañeros. Le pedí que tuviera un poco de respeto y que se retirara. Victoria repitió la palabra *respeto* y soltó una carcajada cínica. Entonces amenazó por primera vez en revelar nuestro pasado al mundo. Quería destruirme a toda costa, confundió la justicia y la venganza en un sólo sentimiento contra mí.

Esta vez le exigí que se marchara, lo cual pareció divertirle mucho más. Se acomodó la levita y colocó un sombrero sobre su cabeza. Aunque hice un gesto de repugnancia, la maquinaria de mi cabeza ya estaba sobre ella, imaginando su esencia, su piel gris, sus manos frías; si quería ser un hombre, yo le recordaría lo que significaba ser mujer. Victoria se alejó de la casa pero nunca de mi mente, y al instante un leve temblor sacudió el lugar y tiró espejos y cuadros.

Uno de mis compañeros sugirió que la mujer era hija del diablo y enseguida todos me rodearon. Querían saber si yo, un sacerdote de alta reputación, tenía que ver con ella, una cualquiera. Por un momento fui presa de un nerviosismo inusual, mi mente se puso en blanco y estoy seguro de que dije algunas tonterías, hasta que la mentira perfecta llegó a mí, y los tontos me creyeron. Fue muy fácil explicarles que ella era parte de un grupo judío que inventaba tonterías sobre sacerdotes para tratar de desprestigiar a la Iglesia. Asintieron un poco incrédulos, pero me creyeron. Tontos. Les pude haber dicho cuarenta mentiras y para ellos hubieran sido verdades solamente porque venían de una sotana.

Me pidieron que me encargara del asunto y que tendría todos los recursos económicos que necesitara para eso.

Tontos…

No sé cuándo decidí ser sacerdote, pero no fue por vocación ni nada de eso. Ya me hubiera gustado que todas esas mentiras que he dicho por años fuesen verdad, mas no hay realidad en mis anécdotas de "me encontraba leyendo la Biblia bajo un árbol muerto cuando, a la sombra tenue de sus ramas podridas, sentí una espina en mi corazón y supe que Dios me llamaba para hacer algo grande en su nombre".

Sé que Dios existe porque tengo fe en mí y porque Él ha encontrado la forma de torturarme todos estos años, pero a veces me siento a pensar en todo lo que he leído en la Biblia y nacen cuestionamientos lógicos que ya no sé cómo callar. Si de verdad existe un ser superior allá en los cielos, tampoco estoy seguro de qué pensaría si yo fuera su sacerdote. Supongo que no se sentiría muy orgulloso, pero en fin... si tan poderoso es, podría hacer algo para evitar los sentimientos insanos que me nacen.

En mi familia escaseaban los centavos. Por fortuna un tío mío era obispo y juró que, si yo me hacía sacerdote, me daría una buena capellanía donde pudiera ganar un buen dinero para mantener a mamá y a mis dos hermanos. Así entré por primera vez en el seminario, y no duré mucho. Alguna tonta acusación sobre faltas a la moral que nunca pudieron probar. Así que dije que todo eran calumnias y me fui a estudiar a otro seminario. Una vez más, con el pasar de los meses llegaron las acusaciones. El desenlace fue el mismo: la expulsión.

Tuve que hablar con mi tío para convencerlo de que yo era puro e inocente, y lo engañé por completo. Él mismo me dio los libros para que aprendiera el oficio sacerdotal, y un amigo suyo del seminario de Veracruz terminó por enseñarme latín; en poco tiempo me encontraba listo para "servir a Dios", por decirlo de alguna manera.

Quise tomar mi capellanía de inmediato, pero los tiempos políticos eran complicados, perdíamos territorio de la noche a la mañana y Antonio López de Santa Anna ostentaba el poder.

Me dijeron que por el momento me iría a una iglesia medianamente humilde de la ciudad de México, y así estuve algunos meses tratando de sonreír en cada misa, oyendo pecados estúpidos de personas que consideraba intelectualmente inferiores...

Cuando recibí la carta de mi hermano, no tuve que abrirla para saber que mamá había muerto. Los cielos lloraron lo que yo no pude, los pésames fueron las palabras de dolor que se negaron a salir de mi pecho. No quise ir al funeral porque me dijeron que el ataúd estaría abierto, y no soporté la idea de verla por última vez, hinchada de podredumbre. Ese día no sólo perdí una madre, sino a dos hermanos.

Así es la muerte, no sólo acaba con las personas, también lo hace con las relaciones personales que hay alrededor.

Todavía sueño con la última vez que la vi, y con su voz pidiéndome que me quedara, que quería hablar conmigo de algo muy importante, pero no le hice caso. ¡Imbécil de mí! No le hice caso…

Pasaron los años. Oculté mi pecado lo más que pude, sin saber que permanecería latente. Mi naturaleza humana resultó más poderosa de lo que hubiera esperado. Tomó control de mí, hasta volverme un animal salvaje, pero todo es culpa de Dios por hacerme así, échenle la culpa a Él.

Por Él estoy condenado a renacer cada cien años, a repetir el mismo pecado contra Victoria (y otras niñas), a ocultar el mismo crimen al mundo; a sufrir el peor de los castigos: la culpa…

Después de las confesiones de la tarde, me abrigué bien y salí del templo. Hacía un frío que calaba hasta los huesos. La ciudad estaba tan sucia como siempre, gris era el único color que se alcanzaba a ver en ese mundo monocromático. Y ensimismado en mis pensamientos me encontré con una niña vestida de negro que lloraba. Por un momento la imaginé como una muñeca de porcelana de lágrimas transparentes en los ojos, así que la invité a sentarse conmigo para que me contara sus aflicciones.

Sus facciones eran tan suaves, en cierto modo dulces. Había algo especial en la forma en que movía sus piernitas en la banca, y en sus manos. Ella quería contarme algo sobre su padre, un borracho que le sacaba todo el dinero a su madre, lo típico en un pecador. No fue mucho consuelo para ella, pero al menos me gané su confianza, y la vi partir.

Me quedé pensando en ella y su pequeño problema, y me sentí triste por no saber dónde vivía ni cómo ayudarla. Nunca la había visto en misa, ningún hombre ha confesado sus borracheras; era probable que acudiera a otra iglesia. Yo estaba completamente fascinado por aquella pequeña. Ah, el delirio del seminario volvía a hervir dentro de mí, ¿podían ser esos sentimientos no deseados faltas a la moral o a la ley?

Recuerdo a Victoria abriéndose paso entre una cortina de lluvia y mugre, apareciendo etérea entre la niebla. Su vestido de carbón y sus lágrimas de polvo le daban un aspecto de suma tristeza. Fue directamente hacia mí y me abrazó con fuerza. La invité a pasar a la iglesia y nos sentamos detrás de un anciano sin dientes que, en su pobreza, repetía el ave María hasta el cansancio.

Limpié sus lágrimas con el dorso de mi mano y levanté su rostro. Por un momento quise que estuviéramos solos, sólo ella y yo.

Pregunté a Victoria qué le ocurría y le costó hablar por el dolor; su madurez era impresionante. Dijo que su mamá le había mentido porque sabía que su padre no era su padre, sino su padrastro (ya lo había llamado así la primera vez que la vi), y que su vicio crecía cada vez más. Su embriaguez lo había poseído y un par de días atrás intentó golpearla a ella y a su madre.

Aquel era un invierno frío, los huesos me dolían y la espalda era un constante látigo en mis vértebras. Mis manos no podían estarse quietas por más que tomaban calor al acariciar las mejillas de la pequeña.

Victoria detuvo su historia por un momento y luego dijo que no quería que su madre se preocupara de más, por eso se mantenía seria cuando estaba con ella. Dijo algo así como: "Sé que él la golpea por las noche; un día salí de mi cama, me asomé a la sala y presencié la agresión. Le dije algo a mamá, pero me creyó una loca. Me duele, me duele muchísimo, pero pensé que si se lo decía no tendría la fuerza para enfrentarlo".

Mas todo pecado lleva consigo una penitencia, no importa si al principio no la percibamos, siempre llega; una especie de castigo divino. Su padrastro se embriagó tanto, que cayó sobre la alfombra de la sala y murió. Victoria dijo que todos en su casa esperaban esa muerte y estuvieron felices por ello, pero tuvieron que mantener las apariencias en el funeral.

"Cuando alguien se va, no importa que lo amemos o no, queda un vacío imposible de llenar. Nos hace falta su odio, el desprecio que sentimos por ellos, y empezamos a pensar: si se parece en tal o cual cosa a mí, ¿no significa que moriré pronto?"

Luego se le quebró la voz, y cabizbaja soltó el llanto. La abracé, pero solamente para aspirar el olor de su cabello húmedo y contemplar lo poco que veía en su espalda. Tomó gran fuerza de voluntad que mi cuerpo no hiciera nada más que sonreírle, y decirle que todo estaría bien.

Olvidé los crímenes de mis vidas pasadas y le ofrecí mi amistad, pero solamente porque deseaba seguirla viendo, linda, tierna, sentada en mi oficina con la inocencia de su niñez; y tal vez, sólo tal vez yo…

Fue fácil distraer mi mente de Victoria, el trabajo ayudó a calmarme.

"Dejad que los niños se acerquen a mí", dijo Jesús.

"Dejadlos, dejadlos porque sólo recordarán sus vidas anteriores cuando sean víctimas de mundo"…

Y así, las visitas de Victoria se volvieron rutinarias, al menos dos veces al mes acudía a mi oficina para contarme su vida. Recuerdo que un día llegó emocionada porque se había enamorado de quién sabe quién, y fue la primera vez que su ojos brillaron con algo más que dolor. Ese día no pude callarla; hablaba y hablaba sin cesar. Tenía planes, y estoy seguro de que hasta escuchaba campanas de boda. Yo pensé que era una pobre niña estúpida, y que algún día todo eso cambiaría.

Me quedé ahí, sentado, dejando que los días transcurrieran y ella hablara de sus ridiculeces, hasta que la tristeza regresó a su rostro y una vez más palideció. Tuve que esforzarme para no sonreír ante su desgracia, pero su dolor me traía felicidad.

Esta vez ni siquiera pregunté nada, sus palabras fluyeron tan rápido como sus lágrimas y el temblor de sus manos regresó, no por el frío constante, sino por la rabia. Me sentí incómodo en aquel espacio tan pequeño, que parecía acercarme más a la pequeña.

Victoria dijo que su novio la había engañado, que se estuvo encontrando con su mejor amiga y que fue su padre quien les arrebató la vida en venganza. Extrañado, le recordé que ella me dijo que su padre había muerto.

—Mi padrastro murió; mi padre no puede morir —respondió de manera enigmática.

Con los ojos enrojecidos, como único color en el mundo, le dije algunas falsedades para tranquilizarla, y la vi partir.

Si tan sólo hubiera tenido el valor para confesarle que mi padre tampoco puede morir…

Antes de seguir con nuestra amistad, adquirí una reliquia santa para llevarla al cuello y alejar a sus demonios de mi cuerpo. Mi conocimiento de brujería era suficiente para saber que cualquiera que amenace la vida de algún hijo de espíritus, puede morir a manos de ellos, a menos que se proteja y…

Porque la noche se antojaba salvaje, y la electricidad se sentía en el mundo gris… La iglesia era pequeña, los vitrales estaban apagados y apenas unas velas iluminaban los horrores de los altares. Un olor a quemado traspasó el umbral del templo. La lluvia se desató y un presentimiento emergió desde mi estómago hasta convertirse en poderosas náuseas.

Cerré cada puerta de la iglesia, y cuando estaba por echar el cerrojo en el portón principal una mano pidió asilo; pronto descubrí los tintes melancólicos de Victoria. La dejé pasar y nos quedamos encerrados, solos, cubiertos por el claustro íntimo. Sus manos se aferraban con fuerza a mi sotana y no dejaba de repetir que no tenía nada, su madre y su abuela estaban muertas. Algo dentro de mí crecía; con una compasión que no lo era, levanté su rostro y la miré a los ojos. Compartíamos el miedo, besé su frente y me abrí paso a través de sus labios infantiles.

Su cuerpo se rebelaba, era un reflejo que pedía que me alejara, pero mi fuerza se imponía. Siempre me dijeron que yo era bien parecido, y el espejo lo confirmaba. Había algo en ella que me invitaba a sentirla de mil formas, de enseñarle los placeres de la lujuria. Vaya sensualidad que escondía su carne, ¡qué manera de hacerle olvidar sus lágrimas!

El universo se partía en dos, al igual que su mundo. Desnuda la recosté en el pastillo que lleva al altar y rompí su vestido; sus manos abrieron mi rostro desde mi frente hasta mi cuello. Nunca le conté a nadie el origen de estas cicatrices, esas marcas de amor por la chiquilla a quien hice florecer a través de mis gestos. La sangre se resbaló por sus muslos, su gesto fue un portento del dolor y mi rostro una corona de espinas. El cielo también se desgarró con una lluvia sangrienta, los ojos de cada santo, las heridas de la cruz y yo; ¡cuánto gozo reprimido solté aquel día! De sólo recordarlo vuelvo a ser el joven desnudo con el pecho desgarrado y la espalda hecha trizas.

Apenas muerdo mis labios y una gota de sudor cae de nuevo por mi frente mientras...

En silencio y posición fetal se supo mujer, la sangre de su virginidad manchó el mármol frío. Le tendí la mano, pero no la tomó; quise ayudarla a limpiarse y mi desnudez la alejó, mi sexo aún hervía y deseaba más, pero no tuve corazón para hacerla mía una vez más.

Si tan sólo la tuviera conmigo de nuevo, si aquel momento pudiera repetirse hasta el fin del mundo, no me importaría que desgarrara cada parte de mi cuerpo, es el precio que hay que pagar por un momento de felicidad.

Por un segundo me di la vuelta; con el pecho inflado y un suspiro en los labios secos, cerré los ojos. ¿En verdad lo había hecho? ¡La niña era mía y quería hacerla feliz mil veces más! Giré hacia ella, pero ya no estaba ahí. Encontré su sombra en uno de los altares de donde tomó dos candelabros de oro puro de la época de la Colonia.

Corrió hacia la puerta principal y no pude alcanzarla. Unos segundos después de que saliera desnuda, cerré el portón con llave, no quería que nadie contemplara mi cuerpo sin ropa.

Entonces empezaron los golpes contra los vitrales, los portones, las cúpulas, y de nuevo el temblor de los santos. Entendí que estaba rodeado de espíritus, había lastimado a su hija y deseaban venganza, pero no se las iba a dar. Me mantendría protegido mientras estuviera encerrado en aquel edificio.

Fui hasta la oficina y acaricié la cruz de plata oxidada sobre mi pecho desnudo; mi sexo aún no perdía la excitación…

Con el tiempo se alejaron los demonios, mas no la culpa; la lujuria se repitió constante, pero faltaba el rostro de Victoria.

Mi cuerpo se hizo viejo; las cicatrices, profundas. Se me fue la juventud y la belleza. Ya no era el portento que contemplaba desnudo en el espejo, daba asco mi decadencia, mas eso no me detuvo…

Pero después de que el aire de mi oficina se tornara más denso que el pecado, ella corrió hasta un convento de la ciudad y se refugió. Vendió los candelabros de oro y usó el dinero como dote para hacerse monja. Se encerró donde su padre-espíritu no pudiera encontrarla, y se aseguró de que alguien viera por ella.

¿Quién iba a decir que una de las niñas que pasaron por mi cuerpo iría a ese convento y le contara precisamente a Victoria cómo la había hecho gozar? Recibí una carta de esta última pidiendo que renunciara a mi profesión. Yo desempeñaba un puesto alto en la Iglesia católica y no tenía intenciones de dejarlo. Mi respuesta fue una carta a su superiora pidiéndole que la expulsara del lugar por haber faltado a los mandamientos de Dios.

No tuve que explicar más, la religiosa me obedecería porque yo tenía poder y además era hombre. Así Victoria quedó sola otra vez, y mi esperanza sería que volviera a mis brazos y pudiera amarla de nuevo más hasta la sangre…

Ella era provocación. ¿Por qué se me ha de juzgar si soy un hombre débil? ¿Quién puede juzgar a un pecador en un mundo de pecadores?...

Descubrí que su voz había cambiado cuando expresó: "Su dios debe estar llorando su desgracia, todos los hombres visten de falda y es una mujer la que lleva los pantalones".

Mi mente recordaba su cuerpo, sus manos en mi rostro, vestida de hombre; creyó que podía molestarme, mas sólo avivó en mí un sentimiento.

Al padre Joaquín Márquez le dije otra cosa: que Victoria representaba un enemigo para la Iglesia católica.

Jamás imaginé que este cura sería tan curioso e intentara investigar el pasado de Victoria. ¿Asuntos sobrenaturales? No me serviría de nada, todo eso ya lo sabía; lo que deseaba era tenerla en mis brazos otra vez...

Al fin todo ha terminado, pero nos encontraremos de nuevo en este mundo; diferente carne, pero el mismo espíritu. Será otra niña y yo otro cura, pero la reconoceré y la haré mía, y entonces ella también me recordará. Ambos hijos de espíritus, ambos amenazados por la existencia del otro, porque ninguno podría vivir en calma mientras el otro estuviera con vida. Así es el pecado, un ciclo sin fin...

Manifiesto a la nación,
Benito Juárez, 15 de julio de 1867

Mexicanos: El Gobierno nacional vuelve hoy a establecer su residencia en la ciudad de México, de la que salió hace cuatro años. Llevó entonces la resolución de no abandonar jamás el cumplimiento de sus deberes, tanto más sagrados, cuanto mayor era el conflicto de la nación. Fue con la segura confianza de que el pueblo mexicano lucharía sin cesar contra la inicua invasión extranjera, en defensa de sus derechos y de su libertad. Salió el Gobierno para seguir sosteniendo la bandera de la patria por todo el tiempo que fuera necesario, hasta obtener el triunfo de la causa santa de la independencia y de las instituciones de la República.

Lo han alcanzado los buenos hijos de México, combatiendo solos, sin auxilio de nadie, sin recursos, sin los elementos necesarios para la guerra. Han derramado su sangre con sublime patriotismo, arrostrando todos los sacrificios, antes que consentir en la pérdida de la República y de la libertad.

En nombre de la patria agradecida, tributo del más alto reconocimiento a los buenos mexicanos que la han defendido, y a sus dignos caudillos. El triunfo de la patria, que ha sido el objeto de sus nobles aspiraciones, será siempre su mayor título de gloria y el mejor premio de sus heroicos esfuerzos.

Lleno de confianza en ellos, procuró el Gobierno cumplir sus deberes, sin concebir jamás un solo pensamiento de que le fuera lícito menoscabar ninguno de los derechos de la nación. Ha cumplido el Gobierno el primero de sus deberes, no contrayendo ningún compromiso en el exterior ni en el interior, que pudiera perjudicar en nada la independencia y soberanía de la República, la integridad de su territorio o el respeto debido a la Constitución y a las leyes. Sus enemigos pretendieron establecer otro gobierno y otras leyes, sin haber podido consumar su intento criminal. Después de cuatro años, vuelve el Gobierno a la ciudad de México, con la banda de la Constitución y con las mismas leyes, sin haber dejado de existir un solo instante dentro del territorio nacional.

No ha querido ni ha debido antes el gobierno, y menos debiera en la hora del triunfo completo de la República, dejarse inspirar por ningún sentimiento de pasión contra los que lo han combatido. Su deber ha sido, y es, sopesar las exigencias de la justicia con todas las consideraciones de la benignidad. La templanza de su conducta en todos los lugares donde ha residido, ha demostrado su deseo de moderar en lo posible el rigor de la justicia, conciliando la indulgencia con el estrecho deber de que se apliquen las leyes, en lo que sea indispensable para afianzar la paz y el porvenir de la nación.

Mexicanos: Encaminemos ahora todos nuestros esfuerzos a obtener y consolidar los beneficios de la paz. Bajo sus auspicios, será eficaz la protección de las leyes y de las autoridades para los derechos de todos los habitantes de la República.

Que el pueblo y el gobierno respeten los derechos de todos. Entre los individuos, como entre las naciones, el respeto al derecho ajeno es la paz.

Confiemos en que todos los mexicanos, aleccionados por la prolongada y dolorosa experiencia de las calamidades de la guerra, cooperaremos en adelante al bienestar y la prosperidad de la nación, que sólo pueden conseguirse con un inviolable respeto a las leyes, y con la obediencia a las autoridades elegidas por el pueblo.

En nuestras libres instituciones, el pueblo mexicano es el árbitro de su suerte. Con el único fin de sostener la causa del pueblo durante la guerra, mientras no podía elegir a sus mandatarios, he debido, conforme al espíritu de la Constitución, conservar el poder que me había conferido. Terminada ya la lucha, mi deber es convocar desde luego al pueblo, para que sin ninguna presión de la fuerza y sin ninguna influencia ilegítima, elija con absoluta libertad a quien quiera confiar sus destinos.

Mexicanos: Hemos alcanzado el mayor bien que podíamos desear, viendo consumada por segunda vez la independencia de nuestra patria. Cooperemos todos para poder legarla a nuestros hijos en camino de prosperidad, amando y sosteniendo siempre nuestra independencia y nuestra libertad.

… el fracaso de un sueño conservador, que jamás imaginamos.

El indio Juárez desfiló junto con Sebastián Lerdo de Tejada, José María Iglesias e Ignacio Mejía desde las nueve de la mañana. El carruaje abierto se movió por la calzada Chapultepec y siguió por el Paseo Nuevo de Bucareli; los mexicanos hipócritas que habían soltado gritos sin color al emperador austriaco ahora lo hacen por el republicano oaxaqueño.

Orgulloso de haber recuperado el poder, y con el laurel de plata que le regalaron, se dirige a la multitud: "Tengo la convicción de no haber más que llenado los deberes de cualquier ciudadano que hubiera estado en mi puesto al ser agredida la nación por un ejército extranjero. Cumplí mi deber de resistir sin descanso hasta salvar las instituciones y la independencia que el pueblo mexicano había confiado a mi custodia".

¿Quién le devolverá a la Iglesia católica los privilegios que perdió hace diez años?

Por otro lado, el cadáver del emperador ha sido profanado; pueden comprarse pedazos de su barba y rulos de sus cabeza; no hubo cuidado alguno para conservar el cuerpo y en su trayecto a la ciudad de México el féretro cayó varias veces. Lo dejaron reposar en el templo de San Andrés; siguiendo los rumores que circulaban por la ciudad, quise ver el cuerpo.

La noche se colaba en los rincones, las estrellas languidecían en un firmamento sin luna. Entré en el templo y caminé hacia la mesa en la que descansaba el cadáver de Maximiliano. Por un momento recordé a Victoria, pues él estaba desnudo, indefenso. Su carne no se parecía a la que había desembarcado en Veracruz ni sus labios los que habían besado a la emperatriz. Sus sueños eran el polvo de ruina, la desidia de la historia, y cuando escuché un carruaje acercarse a lo lejos supe que era el momento de huir.

Días más tarde supe que había sido el mismo Benito Juárez quien visitó el lugar donde yace el emperador para burlarse de él…

La profecía de Victoria se cumplió frente a su santidad; la locura que todo ser humano lleva por dentro le sudó a Carlota por los poros. La mente de la emperatriz fue transformada en una masa incoherente de pensamientos horrorosos. Con los recuerdos de su imperio fallido en sus heridas palpitantes, aún segura de que el emperador estaba vivo.

Según cuentan los rumores que circulan por la ciudad, la emperatriz recorre la noche para beber de las fuentes de Roma y pide que sus alimentos se cocinen frente a ella, ahumando la urbe con sus locas pretensiones.

Todos quieren envenenarla, grita a los cuatro vientos; está convencida de que la muerte está próxima, y la cordura no. Seguramente la encerrarán para silenciar sus delirios. Yo también sé que la muerte está cerca y todo aquel que lea estas palabras compartirá mi destino, porque se volverá cómplice del asesinato de Victoria.

El silencio desgarra, engaña, traiciona y aniquila…

Luego supe que los otros once sacerdotes que participaron en la muerte de Victoria, señalados ante por mí por Joaquín Márquez, también murieron, por enfermedad o por circunstancias bastante extrañas. Supongo que fue Dios quien lo permitió porque nada sucede sin su intervención; aunque en este caso tampoco puedo olvidar la desidia y el odio de aquellos espíritus que, desde el más allá, vengan la muerte de una de las suyas.

Sólo faltamos el padre Joaquín y yo; la tumba nos espera con la tierra ceniza abierta. La imagen de Victoria aún lo consume como la última sombra de lo que, para mí, fue el imperio de Maximiliano de Habsburgo ¿Moriré hoy o será mañana? ¿Sufriré antes de dejar de existir? ¿Qué me espera cuando llegue frente a mi Creador y le diga que no pude proteger del mal a Victoria? Si me quedo en esta tierra y no muero, ¿seguiré siendo testigo de las guerras que han desgarrado a México por años en sus batallas incansables contra Francia, España y Estados Unidos, entre conservadores y liberales, un partido político contra otro, la Iglesia joven, la Iglesia vieja, un Caín y Abel, una opinión que se impone, a los ríos de sangre que no paran de fluir? ¿Cuándo este país conocerá la paz?

Visité con frecuencia las oficinas del padre Alfonso, pero no quiso recibirme. Entonces acudí a su casa. Faltando a mi código de respeto, entré por una de las ventanas al amparo del manto nocturno. Recorrí su vivienda en silencio, adivinando las sombras que la luna conjuraba sobre las pinturas oscuras. Fui hasta su habitación y lo encontré dormido. Cerca de él había un libro llamado *Un acercamiento católico a las viejas prácticas de alquimia*, cuyas tapas de piel descolorida se deshacían al intentar tocarlas; sus páginas sin color estaban llenas de diagramas antiguos de lunas, estrellas, mujeres bailando con chivos y calderas; tenía bordes rojos y anotaciones de tinta en los márgenes. Después de hojearlo un rato, comprendí la razón de su cruz plateada, la cual retiré con mucho cuidado procurando que no despertara.

Luego salí de aquella casa con el libro y la cruz. Quería copiar algunos textos, adaptando el español antiguo al moderno para completar mis expedientes.

Cómo llegó un libro de alquimia y exorcismo a manos del padre Alfonso es un verdadero misterio, pero sé que él creía en su contenido, porque robó precisamente la reliquia que lleva al pecho, la cual desapareció hace años de una iglesia cuyo nombre no recuerdo. Ahora la porto en el cuello, más como burla al hombre que tanto desprecio, que como protección…

A la noche siguiente regresé a casa del padre Alfonso Borja para devolver el libro que había tomado; entré una vez más por la ventana, a medianoche.

Mi recorrido nocturno me condujo a su estudio, donde encontré una luz prendida. Me acerqué con cautela y vi al religioso sentado en el escritorio, con los ojos abiertos. Quise excusarme, pero pronto noté con sorpresa que no había vida en él, su corazón había dejado de latir hacía un par de horas. Su piel se sentía fría. El cadáver tomaba con fuerza una pluma; comprendí que había estado redactando un documento en sus últimos momentos de existencia.

Jamás sabré si lo mataron los espíritus a los que tanto temía, o su miedo irracional a ellos.

Tomé las hojas que había escrito, manchadas de ceniza; las leí a la luz de la vela. Luego me dejé caer sin aliento: ¡al fin comprendí la relación entre Victoria y el padre Alfonso Borja!

¡Dios mío! ¿Cómo pude ser tan ciego?…

Así fue que decidí reunirme con el padre Joaquín Márquez. Era la primera vez que tendríamos un momento para estar solos, al menos desde que concluyó el asunto de Victoria. Contra mis deseos, nos encontramos en la parroquia de San Sebastián; cuando vi el atrio con los vitrales rotos y las astillas negras de lo que alguna vez fueron los altares, recordé el documento en el que mi amigo narraba la muerte de Victoria.

Quién sabe qué sería del crucifijo o los clavos, tal vez los robaron sus seguidores como una especie de reliquia o un recuerdo de la mujer que siguieron por años. Escuché entrar al padre Márquez; contemplaba la destrucción del recinto. Su expresión lo dijo todo, el horror de lo acontecido le llegó en un instante, apenas esbozó una sonrisa llena de lástima.

—Cuando Dios me pregunte qué hice para protegerla, me condenará mi silencio.

Bajé la cabeza. Buscando una respuesta en lo más profundo de mi alma, caminé hasta uno de los extremos del templo, empujé una puerta rota y ascendí por los escalones de piedra. Joaquín me siguió; en cuestión de minutos llegamos hasta uno de los campanarios. Contemplamos los vestigios de la guerra en una ciudad decadente.

—Mi pecado fue no creer en el pecado —exclamé.

Intenté esbozar una sonrisa, pero el dolor no me lo permitió. Tragué saliva en un nudo de espinas que ya se me había formado en la garganta.

Él abrió la boca, aunque tardó para que de ella saliera sonido.

—Él engañó a muchos, nos convenció de su santidad, casi hablaba como un iluminado. ¿Cómo íbamos a creer que el padre

Alfonso sería capaz de… ya sabes… de hacerle algo así a una niña? Para los espíritus soy cómplice de la muerte de Victoria, y de Alfonso Borja.

Callé de rabia, mientras una mariposa negra se posaba cerca de mí.

—¿Qué será de nuestra amistad?

—Olvido —respondió.

—¿Y de nuestro pasado?

—Futuro.

—Que sea el tiempo el que vuelva a unirnos —concluí finalmente, mientras Joaquín se levantaba y se llenaba del progreso de la nueva Tenochtitlán. Humo por aquí, tormenta por allá; un abismo dentro de mi alma. Luego un silencio inexplicable recorrió la ciudad y mi amigo cayó, rodeado por una nube de mariposas negras…

La plaza gris quedó manchada de rojo. Rodeado del murmullo humano, dije que había caído por accidente desde alguno de los campanarios.

Las mariposas ya no estaban, el miedo se había ido, y decidí caminar entre la niebla y no volver jamás a esa iglesia. Joaquín prefirió tomar su vida antes de que lo hicieran otros…

Ya estoy cansado de escribir, todos los que alguna vez formaron parte de esta investigación han muerto o abandonaron la ciudad. Felipe está en Puebla; dicen que contraerá nupcias con una mujer hermosa de piel blanca y peinado como el de un hombre; Santiago ha huido al norte, tal vez escapando de las mariposas negras, ésas que llaman *micpapalotl*.

Ojalá Maximiliano nunca me hubiera hecho esa pregunta sobre la niña poseída, pero así lo quiso Dios. Termino este último expediente esperando que la cruz que llevo al cuello me proteja de cualquier mal que ose amenazarme.

Pronto vendrán a verme algunos miembros del gobierno de Benito Juárez para que les cuente la historia. Será mejor que arregle mis expedientes.

Fin de la investigación

Diario de Antonio Cota, 1 de noviembre de 1867

Una vez al año, en esta noche, la muerte hace que México se olvide del gris y se pinte de colores. No hay tumba en el cementerio que no esté llena de flores o juguetes, de ofrendas para los que ya no están con nosotros y recuerdos para que los muertos vuelvan a la vida.

Por toda la ciudad se escuchan cánticos y risas; viudas de negro marchan con velas blancas, iluminando las paredes con su calidez post mórtem. El papel picado cuelga de las ventanas mientras el aroma de la flor de cempasúchil lo llena todo.

Después de cenar con mi esposa, salí a las calles, me convertí en la fiesta y canté a los santos por el recuerdo de Victoria. Visité su tumba sin nombre, borrado por la arquidiócesis para que cualquiera que haya oído de su crucifixión nunca pudiera encontrarla. Ni siquiera dejaron las fechas de nacimiento y muerte; yace lejos del último descanso de su madre y su abuela.

Los militares liberales vinieron una mañana, tal como habían dicho. Hicieron preguntas y quemaron todo. No queda nada de la investigación que hizo Joaquín Márquez sobre Victoria, sólo el viento y yo llevamos su nombre en nuestro recuerdo.

Me pidieron discreción; he callado por temor a perder la vida en manos de unos hombres sin escrúpulos. De los espíritus no espero nada, debí haber hecho lo suficiente para proteger a Victoria o no me hubieran dejado en paz. Hace mucho que las sombras no se mueven, y las *micpapalotl* se paran en mi ventana; pero con su recuerdo latente, traspasé el umbral del cementerio.

Sobre la tumba de Victoria coloqué algunos juguetes y un vestido de niña. Sé que es costumbre llevar cosas que los difuntos puedan usar cuando visiten nuestro mundo a la media noche, pero me pareció que Victoria tuvo una infancia bastante miserable, y tal vez si alguien la hubiera amado entonces no habría caído en las terribles garras de un pecador desalmado.

Regresaré aquí cada año, luego dejaré que el polvo nos olvide y que este mundo que cada día se hace más pequeño, termine por destruirlo todo como marca el apocalipsis.

Hasta entonces, *memento mori* para mí y un *requiescat in pace* para Victoria…

Agradecimientos

Una vez más, debo agradecer a todos los seguidores de @DonPorfirioDiaz por el apoyo que han mostrado hacia mi trabajo. Este libro es para ustedes.

También a mi familia, por estar ahí cuando la locura hace de tinta y papel una historia para contar.

A Andoni Vales, por ayudarme con la trama cuando no sabía qué dirección debía tomar, y a Gabriela López Gallardo y Diego Solano, por sus comentarios sobre la trama.

A Minerva y Mauricio, que me ayudaron con la historia y a encontrar la luz en ese mundo de sombras.

Por último, a todos en Penguin Random House, especialmente a Fernanda Álvarez.

La última sombra del imperio, de Pedro J. Fernández Noreña
se terminó de imprimir en julio de 2015
en los talleres de Litográfica Ingramex, S.A. de C.V.
Centeno 162-1, Col. Granjas Esmeralda,
C.P. 09810 México, D.F.